# LA LOUVE DE MER
## 2. La République des forbans

Catalogage avant publication de Bibliothèque et Archives nationales du Québec et Bibliothèque et Archives Canada

Chabin, Laurent, 1957-

La louve de mer

(Atout; 121, 127. Aventure)
Sommaire: 1. À feu et à sang -- 2. La république des forbans.
Pour les jeunes de 12 ans et plus.

ISBN 978-2-89647-075-4 (v. 1)
ISBN 978-2-89647-163-8 (v. 2)

I. Titre. II. Titre: À feu et à sang. III. Titre: La république des forbans. IV. Collection: Atout; 121. V. Collection: Atout; 127. VI. Collection: Atout. Aventure.

PS8555.H17L68 2008          jC843'.54          C2007-942511-9
PS9555.H17L68 2008

Les Éditions Hurtubise bénéficient du soutien financier des institutions suivantes pour leurs activités d'édition:

– Conseil des Arts du Canada;
– Gouvernement du Canada par l'entremise du Programme d'aide au développement de l'industrie de l'édition (PADIÉ);
– Société de développement des entreprises culturelles du Québec (SODEC);
– Gouvernement du Québec par l'entremise du programme de crédit d'impôt pour l'édition de livres.

Éditrice jeunesse: Sonia Fontaine
Conception graphique: fig. communication graphique
Illustration de la couverture: Stéphane Jorisch
Mise en page: Martel en-tête

Copyright © 2009
Éditions Hurtubise ltée

ISBN 978-2-89647-163-8

Dépôt légal/2e trimestre 2009
Bibliothèque et Archives nationales du Québec
Bibliothèque et Archives du Canada

Diffusion-distribution au Canada:     Diffusion-distribution en Europe:
Distribution HMH                      Librairie du Québec/DNM
1815, avenue De Lorimier,             30, rue Gay-Lussac
Montréal (Qc) H2K 3W6                 75005 Paris FRANCE
Téléphone: (514) 523-1523             www.librairieduquebec.fr
Télécopieur: (514) 523-9969
www.distributionhmh.com

*Imprimé au Canada*
**www.hurtubisehmh.com**

**LAURENT CHABIN**

# LA LOUVE DE MER
## 2. La République des forbans

## LAURENT CHABIN

Après la France, l'Espagne et l'Ouest cana-
dien, Laurent Chabin a choisi de venir vivre
au Québec. Il réside présentement à Montréal.
Auteur d'une soixantaine de romans pour
les jeunes et les adultes, il est aussi traduc-
teur. *La République des forbans* est le deuxième
tome de la série «La Louve de mer».

«Avec ce texte, je souhaitais aborder la
piraterie, non comme une simple histoire
d'aventures et d'abordages, mais comme
celle de la révolte contre un ordre arbitraire
et injuste, et, éventuellement, de la construction d'une société différente.»

# PROLOGUE

*Pour venger la mort de son mari injustement condamné par le roi de France, la comtesse Rachel de Kergorieu, secondée par ses deux jeunes fils, lève une armée et sème la terreur dans les villages de Bretagne. Alors qu'elle sent la bataille perdue sur terre, elle vend tout ce qu'elle possède, arme un bateau et se fait pirate pour poursuivre les navires royaux de sa haine implacable.*

*Après diverses péripéties, le navire de Rachel, surnommée la Murène, est coulé et son équipage est décimé. Les quelques survivants réussissent à s'échapper sur deux radeaux de fortune. Sur le premier ont pris place Nicolas, le fils aîné de la comtesse, le terrible Une-Oreille et quatre autres marins. Sur l'autre, avec la Murène, se trouvent son jeune fils Gilles (le narrateur de l'histoire) ainsi que Le Moine, son fidèle second, deux marins nommés Casse-Pipe et Lelgoualch, et Loïc, un jeune mousse au comportement mystérieux que Gilles a pris sous sa protection.*

*Les deux radeaux ont hélas été séparés par la tempête et ils se sont perdus de vue. Alors que*

5

les occupants du second sont presque à l'agonie après une longue dérive, ils aperçoivent une voile à l'horizon. Elle se dirige vers eux...

# 1

## SAUVÉS ?

— Anglais ou français ? a demandé ma mère en relevant la tête.

— Difficile à dire, a répondu Casse-Pipe. Je distingue mal, il est trop loin.

J'ai tenté de me relever, mais j'étais trop faible pour me tenir debout. Je n'étais pas le seul, d'ailleurs. Après ces trois jours de dérive, malades, sans nourriture ni eau douce, nous n'étions que des cadavres en sursis.

Le Moine n'avait pas bougé depuis la veille, ayant même cessé de délirer. Loïc reposait contre moi, inconscient, la tête sur mes genoux. Ma mère, quant à elle, était restée muette et figée dans une expression absente tout au long de ces interminables journées, au cours desquelles le soleil et la pluie nous avaient alternativement harcelés.

Seuls Casse-Pipe et Lelgoualch, le charpentier, semblaient avoir résisté au désastre. Il est vrai qu'ils n'avaient pas été blessés pendant l'abordage et que de longues années de mer les avaient habitués à ces situations exceptionnelles. Debout tous les deux, ils écarquillaient les yeux en direction de l'est, où était apparu le navire signalé par Casse-Pipe.

Maman, sans pour autant se départir de sa raideur, a cependant semblé reprendre vie. Ses yeux, qui m'avaient paru presque morts depuis le naufrage et, surtout, depuis la disparition de Nicolas, brillaient de nouveau d'une flamme sombre et inquiète.

Mon premier sentiment, lorsque Casse-Pipe avait annoncé l'apparition d'une voile, avait été un immense espoir. Sauvés ! m'étais-je dit. Mais, quand ma mère l'avait interrogé sur la nationalité de notre éventuel sauveteur, j'avais vite compris que ce n'était pas aussi simple.

Qu'il soit anglais ou français ne changerait pas grand-chose : cela ne ferait que mettre un drapeau sur la prison qui nous attendait. Autant pour le roi de France que pour celui d'Angleterre, nous étions des pirates, et notre crime était d'autant plus grand que les vaisseaux que nous avions attaqués, d'un côté comme de l'autre, n'étaient pas de simples marchands mais appartenaient à la Royale.

Aucune clémence ne serait donc à attendre. Ma seule certitude, en fin de compte, était la suivante : nous n'aurions pas le temps de pourrir dans un cachot. Allait-on nous pendre — et exposer nos cadavres à la vue de tous jusqu'à ce qu'ils aient fini de nourrir les corbeaux — sur les quais de la Tamise à Londres, ou sur ceux de Nantes ou de La Rochelle ? C'était la seule question...

Quant à lutter pour défendre notre vie, il ne fallait pas y songer. Même si nous disposions encore de quelques sabres, nous étions à peine capables de les tenir entre nos mains.

Tous mes espoirs se trouvaient donc balayés d'un seul coup. Je ne savais même pas au large de quelle côte nous nous trouvions en ce moment. Jusqu'où la tempête et les courants avaient-ils pu nous faire dériver pendant ces trois jours ? Il n'y avait aucun moyen de le savoir.

Je n'ai pas osé interroger Casse-Pipe qui, pétrifié dans sa pose de guetteur, devait ruminer les mêmes pensées que nous tous. D'ailleurs, comme la plupart des marins, il ignorait tout de la navigation. Seul Le Moine aurait pu me répondre.

L'angoisse était si forte, si palpable qu'il me semble que c'est elle qui a soudain réveillé ce dernier. Ses yeux étaient comme voilés et ses mains tremblaient, mais il a réussi à se redresser sur un coude.

— Où sommes-nous ? a-t-il balbutié.

— Aux portes de l'enfer, a répondu Lelgoualch qui, les yeux vissés sur l'horizon, tentait de distinguer le pavillon du navire qui s'approchait de nous.

— Aux portes peut-être, a murmuré ma mère. Mais nous n'en avons pas encore franchi le seuil.

Je me demandais comment on pouvait encore afficher un tel optimisme, mais je reconnaissais bien là la comtesse de Kergorieu : pour lui voir baisser les bras, il faudrait les lui arracher…

Les minutes se sont écoulées, lentes et pesantes, dans une tension à couper au couteau. Seul Loïc n'avait toujours pas repris connaissance.

Au bout d'un long moment, Casse-Pipe a enfin annoncé :

— C'est un Hollandais ! Une flûte. Elle arrive plein sud, droit sur nous.

— Silence, a alors ordonné ma mère avec autorité. À partir de maintenant, je ne veux plus vous entendre. Vous me laisserez parler.

Casse-Pipe s'est vivement retourné vers elle, interloqué. Le Moine s'est mis à tousser, comme pris d'une quinte irrépressible, mais il a réussi à articuler :

— Si tu veux vivre, fais ce qu'on te dit...

J'ai cru discerner sur ses lèvres l'ébauche d'un étrange sourire.

# 2

## UNE SINISTRE TRAVERSÉE

Quel ordre curieux! Quelle intention avait donc ma mère en imposant le silence à tous? La Hollande n'était pas en guerre avec la France et nous n'avions attaqué aucun de ses bateaux. Qu'avions-nous donc à craindre d'un de ses ressortissants?

Casse-Pipe, cependant, a obtempéré. Mais, après avoir arraché sa chemise, il s'est mis à faire de grands signes en l'agitant à bout de bras dans la direction du navire.

Quelques heures plus tard, nous nous trouvions tous les six à bord de l'*Elmina*, flûte ventrue partie de Rotterdam quelques jours plus tôt à destination du sud. Notre sauvetage s'était fait le plus simplement du monde, selon les lois de la mer. L'*Elmina* avait mis en panne à proximité de notre radeau et un canot avait été descendu à la mer pour venir nous chercher.

Il faisait beau et le capitaine, un personnage gras et d'apparence placide nommé

Van Leuwen, nous avait accueillis et installés sur le gaillard d'arrière.

Il y avait deux chirurgiens à bord, ce qui ne manquait pas de m'étonner — mais Le Moine et Loïc en profitaient et ce n'était pas le moment de poser des questions.

Van Leuwen, en revanche, nous a soumis à un véritable interrogatoire, ce que je pouvais comprendre. Aucun d'entre nous ne parlait le hollandais, mais le capitaine s'exprimait très bien en anglais et ma mère a eu une longue discussion avec lui.

Suivant ses ordres, nous n'avons pas dit un mot. Très vite, d'ailleurs, Van Leuwen l'a « invitée » dans sa cabine et personne ne nous a plus adressé la parole. Les marins, au début, nous avaient lancé quelques regards curieux, puis ils ne s'étaient plus occupés de nous.

L'équipage me semblait particulièrement important par rapport à la taille du bateau — un navire de commerce qui s'en allait rejoindre, d'après ce que j'avais cru comprendre, les comptoirs de commerce espagnols ou portugais établis sur la côte occidentale de l'Afrique.

Je n'étais pas le seul à l'avoir remarqué. Le Moine et Casse-Pipe avaient immédiatement noté ce détail — selon eux, les marins étaient deux fois plus nombreux que nécessaire et la plupart des postes essentiels, comme celui de charpentier ou de chirurgien, avaient été doublés.

Si je ne comprenais pas la raison d'être de ce qui me paraissait simplement un fait curieux, mes compagnons, en revanche, même s'ils ne s'en expliquaient pas devant moi, avaient l'air de s'en préoccuper. Ce prétendu vaisseau de commerce n'était-il qu'un leurre dissimulant un bâtiment de guerre ?

La question qui me tourmentait le plus, cependant, n'était pas de connaître la véritable activité du capitaine Van Leuwen, mais de savoir où et quand il comptait nous débarquer.

Le navire n'ayant pas modifié sa course, il était clair que nous n'allions pas nous retrouver en Angleterre. C'était déjà ça. Mais n'importe quel port français, pour nous, ne vaudrait guère mieux. Il signifierait l'emprisonnement immédiat, puis la pendaison.

L'Espagne ? Ce pays, même si la guerre qui l'opposait à la Hollande était terminée depuis longtemps, ne se montrait guère accueillant pour les marins étrangers, qui représentaient pour lui des concurrents qu'il préférait sans doute morts que vifs.

D'autre part, si le capitaine nous gardait à son bord jusqu'à la fin de son voyage, allait-il nous nourrir et nous entretenir pour rien ? Ce n'était la coutume sur aucun navire, quelle que soit sa nationalité. Aussitôt que nous serions remis physiquement, nous serions sans doute enrôlés de force. Et ce que j'avais entendu dire de la vie des marins en mer n'était pas pour me rassurer...

Lorsque ma mère est revenue de son long entretien avec lui, son visage était impénétrable. Elle nous a brièvement mis au courant de la situation.

Elle nous avait présentés comme les rescapés du naufrage d'un petit cotre qui faisait du cabotage entre La Rochelle et la côte anglaise avec un chargement de tissus et d'étoffes. Nous étions — tout comme les Hollandais — protestants, et elle avait fait valoir ce fait en notre faveur.

Très vite, Van Leuwen lui avait annoncé qu'il lui serait impossible de faire escale en Europe pour nous débarquer, car ses délais étaient serrés, mais il avait proposé de nous déposer dans un des comptoirs portugais de la côte africaine, d'où nous pourrions nous rembarquer pour la destination de notre choix.

Quant au prix qu'il était en droit de nous demander pour le voyage, avait-il prétendu sans autre précision, nous pourrions régler ce détail à destination. Pour parer à toute demande de paiement «en nature», maman avait présenté Le Moine comme son mari, commerçant renommé de La Rochelle, qui ne parlait pas anglais mais serait capable et ravi de rembourser sa dette envers un si aimable capitaine.

Van Leuwen l'avait-il crue, je ne l'ai jamais su...

Au cours de la première semaine de voyage, Le Moine s'est lentement remis de sa blessure au front et Loïc a repris un peu de poil de la bête. Casse-Pipe et Lelgoualch, sur le conseil de ma mère, se sont proposés pour aider aux manœuvres.

Étant donné la taille de l'équipage, Casse-Pipe n'a pas eu grand-chose à faire, mais à Lelgoualch, qui s'était déclaré charpentier, on a promis qu'il ne resterait pas longtemps inactif. Quel genre d'activité? Cela me paraissait d'autant plus bizarre qu'il y avait déjà deux charpentiers à bord...

La traversée devant encore durer environ deux mois, le capitaine nous a fait installer deux hamacs dans un recoin isolé du reste de l'entrepont, vers l'arrière du navire. L'un d'eux était destiné à ma mère et à Le Moine (supposément mari et femme) et l'autre, je devais le partager avec Loïc, à qui maman avait vivement conseillé de feindre la maladie, même s'il était en réalité pratiquement guéri, afin d'éviter d'être employé comme mousse.

Loïc ne s'est pas fait prier et il ne devait pas le regretter. Même si le capitaine Van Leuwen se montrait apparemment plus humain que la plupart de ses semblables, la vie des mousses du bord n'avait malgré tout rien d'enviable. L'un d'eux, d'ailleurs, me paraissait si mal portant que j'avais l'impression qu'il n'arriverait pas au bout du voyage.

Le Moine, pour sa part, avait adopté une attitude étrange. Bien sûr, il avait laissé le hamac à ma mère et dormait simplement sur le plancher de l'entrepont, mais, contrairement à ce à quoi j'aurais pu m'attendre, il ne se mêlait pas au reste de l'équipage.

Au contraire, affectant un air souffreteux dont j'étais certain qu'il était calculé, il passait ses journées assis à l'arrière, dos au bastingage, les mains croisées sur les genoux. Il refusait de bouger et, de temps en temps, il se mettait à tousser ou à respirer bruyamment, comme si les poumons lui manquaient.

Les marins hollandais préféraient l'éviter et, moi-même, je n'osais trop l'approcher. Ma mère, de son côté, était fréquemment invitée à la table du capitaine, où elle se rendait seule, ce qui m'était pénible. Depuis notre sauvetage, elle avait fait une seule fois allusion au radeau de Nicolas, pour nous apprendre que Van Leuwen n'avait pas croisé d'autres naufragés depuis son départ de Hollande.

Quant à Loïc, il semblait s'être replié sur lui-même et il ne quittait guère notre hamac où il demeurait triste et silencieux.

Légèrement dégoûté par leurs comportements, mais aussi pour ne pas me laisser aller à cette déchéance morbide dont Loïc et Le Moine me semblaient atteints, j'essayais autant que possible d'assister aux manœuvres afin d'en comprendre les procédures, et, dans la mesure du possible, je donnais un coup de main aux matelots. Dans l'ignorance de ce que serait ma vie future, au moins j'apprenais quelque chose qui pourrait m'être utile.

Le voyage s'est ainsi écoulé sans incident notable — hormis la mort d'un des mousses, celui qui m'avait paru si fragile — pendant près de six semaines. Après une cérémonie rapidement expédiée, on avait lancé son corps malingre par-dessus bord, soigneusement enveloppé dans une pièce de tissu.

Sans doute, avais-je songé avec désespoir, ce pauvre garçon avait-il rejoint Nicolas, Une-Oreille et les anciens compagnons dans les profondeurs de l'océan.

L'*Elmina* nous avait repêchés au large de la Bretagne et elle avait doublé le cap Finisterre, au nord-ouest de l'Espagne, avant de longer les côtes portugaises et de croiser au large de Madère, puis des îles Canaries. Nous nous trouvions maintenant à la hauteur des côtes de Guinée et, depuis quelques jours, une intense activité régnait à bord.

Lelgoualch avait été appelé par les charpentiers et des travaux avaient été entamés dans l'entrepont, alors que la mer était calme depuis plusieurs jours et que nous n'avions subi aucune avarie. Lelgoualch semblait peu enchanté d'effectuer ce travail. D'humeur sombre, il refusait d'en parler.

Lorsque nous sommes arrivés dans le golfe de Guinée, tout l'entrepont avait été réaménagé. Le chargement me paraissait faible. Pièces de tissu, armes, produits manufacturés : il n'y avait rien là d'extraordinaire, mais les quantités étaient si dérisoires en comparaison de l'étendue de l'entrepont que je ne pouvais m'empêcher de croire que le commerce n'était pas la véritable raison d'être de ce bateau.

Le Moine, pour sa part, avait sombré dans un mutisme encore plus impénétrable qui ne lui ressemblait pas. Ma mère, enfin, semblait préoccupée, mais aussitôt que le capitaine Van Leuwen se montrait désireux de faire un brin de causette avec elle, toute trace de contrariété disparaissait de son visage et elle le suivait d'un pas léger, soit sur la dunette, soit vers sa cabine. J'en avais la gorge serrée. Quel jeu jouait-elle?

Je me sentais perdu, isolé, abandonné par ceux que j'aimais. Je n'osais même plus leur adresser la parole. J'étais assailli par de sombres pressentiments et quelque chose me disait que ce voyage me réservait un dénouement épouvantable.

# 3

## L'IGNOBLE VOCATION DE L'*ELMINA*

Nous avons touché la côte quelques jours après l'achèvement des travaux dans l'entrepont. J'avais remarqué, non sans effroi, que des chaînes avaient été fixées tout au long des bordages et que les écoutilles avaient été équipées de lourdes ferrures.

Ma mère paraissait s'être dédoublée en deux personnes dont aucune ne lui ressemblait : femme frivole tout au long de la journée, riant avec le capitaine comme une jeune écervelée, puis, le soir, ombre lugubre qui avait de brefs entretiens avec Le Moine, lequel, sortant soudain de sa léthargie, hochait la tête d'un air sombre.

Loïc, lui, semblait avoir repris vie, mais il était dominé par la peur et il ne me quittait plus d'une semelle. Ma mère, sans vouloir m'en dire davantage, m'avait recommandé de ne plus m'éloigner de Le Moine.

Le soir même de notre arrivée, après avoir fait jeter l'ancre dans une anse abritée, le capitaine descendait à terre avec quelques hommes. Son second nous a enjoint de rester sur le gaillard d'arrière, et j'avais l'impression désagréable qu'il ne nous quittait pas de l'œil…

Dans la baie, un village aux toits de paille s'étalait au pied d'une sorte de fortin aux murs duquel apparaissaient des canons, certains pointés vers la mer, d'autres vers la forêt d'un vert profond qui s'étendait derrière le village. Près du village s'élevaient de longs hangars devant lesquels se tenaient quelques hommes en armes.

C'est alors seulement qu'on a daigné me mettre au courant de la situation. Comme je demandais à maman quand le capitaine Van Leuwen nous permettrait de débarquer et comment nous allions trouver un passage sur un navire rentrant en Europe, elle m'a répondu tristement que nous ne reverrions peut-être jamais notre pays.

Pour les Français autant que pour les Anglais, nous étions des pirates, et donc destinés à la potence. Pour les autres, tout particulièrement les Hollandais comme Van Leuwen ou les Portugais comme ceux qui tenaient le fort et le comptoir de commerce où nous venions d'aborder, nous n'étions que des marchandises potentielles, dont ils n'avaient sans doute pas encore déterminé la pleine valeur, ce qui expliquait que nous nous trouvions encore en liberté. Liberté sans doute bien fragile…

— C'est impensable! me suis-je écrié. Depuis quand les Hollandais vendent-ils des comtesses bretonnes?

— Où donc as-tu vu une comtesse bretonne sur ce bateau? a fait ma mère avec amertume. Si je m'étais identifiée, Van Leuwen m'aurait remise au premier vaisseau français ou anglais qu'il aurait croisé. Les capitaines de la marine marchande, de quelque pays que ce soit, n'apprécient les pirates que pendus au bout d'une vergue. Je ne suis pour lui qu'une femme dont il ne sait pas encore quel profit il pourra tirer.

— Tu es censée être mariée à Le Moine.

— Crois-tu que ça le gênerait? Si nous avons monté toute cette comédie, c'est à seule fin que Van Leuwen puisse entretenir quelques illusions sur mon compte et accepte de nous garder à son bord. Mais c'est une partie serrée que nous jouons là.

Une comédie! Je comprenais mieux la curieuse attitude de ma mère et celle de Le Moine, qui avait dû ronger son frein en jouant le mari malade et naïf tandis que maman paradait pour enjôler le gros Van Leuwen. Mais je me demandais ce qui, dans l'attitude du capitaine, les avait convaincus de sa malhonnêteté.

— Van Leuwen n'est sans doute pas plus malhonnête que les autres, a dit Le Moine en réponse à ma question. Mais tu as dû remarquer les importants travaux effectués dans l'entrepont, ainsi que le nombre de marins à bord. Il n'y a qu'une explication possible, qui saute aux yeux de quiconque a navigué un peu : ce navire est un négrier.

« L'entrepont a été modifié pour pouvoir abriter et transporter les esclaves qu'il est venu acheter sur cette côte. Ces esclaves seront ensuite revendus dans les Îles, soit contre des lettres de change, soit contre des denrées telles que le sucre ou le café.

— Mais nous ne sommes pas des esclaves !

— Quelle différence ? a repris Le Moine. La couleur de ta peau ? Elle n'a aucune valeur sur un navire où seule existe l'autorité d'un capitaine dont l'unique but est de réaliser un profit. Toi ou moi pourrions faire de bons galériens. Quant à ta mère... »

Maman a fait un geste et Le Moine s'est tu. Van Leuwen serait-il capable, si elle lui résistait, de la vendre à un des colons de la côte ? J'étais atterré. Quel sort nous attendait, si nous avions perdu jusqu'au privilège de notre humanité pour n'être plus que des marchandises?

— Je vais jouer la comédie jusqu'au bout, a déclaré maman. Tout plutôt que de rester ici où, tôt ou tard, nous tomberons entre les griffes des Français ou des Anglais. Notre seul espoir, c'est de gagner les colonies des Antilles, où subsistent encore des espaces de liberté, et d'y disparaître. Et, pour cela, il faut convaincre le Hollandais de nous garder à son bord.

Loïc, pendant cette brève discussion que nous avions menée à voix basse, avait blêmi et s'était blotti contre moi. Ma mère, à qui le mouvement n'avait pas échappé, lui avait souri doucement.

— La partie n'est pas gagnée, a-t-elle dit, mais elle n'est pas désespérée. Lelgoualch est un bon charpentier et le capitaine l'a vu à l'œuvre. Il ne s'en séparera pas volontiers, d'autant plus que ça ne lui coûtera pas un sou de plus.

«Par ailleurs, je lui ai laissé entendre que Le Moine et moi étions, lors de notre malheureuse traversée, à la recherche d'associés pour financer des opérations avec l'Afrique et le Nouveau Monde. L'air maladif affiché par Le Moine est sans doute ce qui l'a le plus intéressé. Van Leuwen escompte peut-être faire une bonne affaire avec quelqu'un qui a un pied dans la tombe…

« Je pense donc le convaincre de nous donner passage jusqu'aux Îles, malgré le dégoût que m'inspire son négoce infect. Gilles, a-t-elle ajouté à mon intention, tu pourras t'offrir pour remplacer le mousse décédé. Je sais que ça te coûtera, mais nous ne sommes pas en position de faire la fine bouche. »

La mort dans l'âme, j'ai hoché la tête. Avais-je le choix ?

— Quant à toi, Loïc, a-t-elle repris d'une voix plus douce, tu continueras à contrefaire la maladie. J'ai prétendu à Van Leuwen que tu étais le fils d'un de mes associés et que tu étais sous ma responsabilité. Même si cela te démange de le faire, ne quitte pas ton hamac. Je m'occuperai de toi.

J'ai accusé le coup sans broncher. Bien sûr, Loïc était plus jeune que moi et de cons-titution plus faible, mais pourquoi ma mère le couvait-elle ainsi alors que nous étions tous embarqués dans la même galère ?

Loïc lui a décoché un sourire de grati-tude, puis il s'est tourné vers moi et m'a lancé un regard qui m'a ému jusqu'aux larmes. Tout mon dépit est tombé. Bien sûr, je n'étais plus un enfant. Lui n'était qu'une créature innocente alors que j'étais devenu un tueur…

Au cours des jours suivants, le capitaine Van Leuwen a fait de nombreux voyages à terre, mais il a également invité sur l'*Elmina* des négociants. Plusieurs Européens, parmi ceux-ci, avaient le teint jaunâtre et n'avaient guère meilleure mine que nos marins, à ceci près qu'ils étaient souvent aussi gras que Van Leuwen.

Leur graisse et leurs yeux injectés de sang disaient leur état de santé déplorable. Cependant, ils inspectaient les marchandises de l'*Elmina* en connaisseurs et ils semblaient habitués à brasser des affaires de toute sorte. Tout ce qu'ils regardaient, me disais-je, se convertissait aussitôt dans leur esprit en valeur pécuniaire. Rien d'autre ne les intéressait.

Ils étaient parfois accompagnés par des personnages étranges qui jaugeaient les marchandises d'un air à la fois désintéressé et dédaigneux, de grands Noirs à l'allure hiératique qui hochaient la tête ou faisaient la grimace, selon les cas, aux commentaires que leur faisaient à voix basse les marchands blancs.

Ces hommes, ainsi qu'on me l'apprendrait plus tard, étaient les agents de potentats locaux, seigneurs ou chefs de guerre qui razziaient les tribus de l'intérieur du pays et ramenaient vers la côte les captifs destinés à la traite.

Après quelques jours de négociations, Van Leuwen a fait transférer la totalité des marchandises dans un des entrepôts du village, puis il a débarqué lui-même avec les deux chirurgiens du bord et une escorte. L'après-midi même, il revenait au navire, accompagné d'une vingtaine de Noirs entravés sous la conduite de quatre marins armés de fouets.

Quinze hommes et quatre femmes, dont deux serraient contre elles un enfant de l'âge de Loïc. La terreur se lisait dans leurs yeux, même s'ils ignoraient leur destination. En fait, m'expliquerait plus tard Le Moine, ils étaient persuadés que les Blancs allaient les manger et que leur esprit ne connaîtrait jamais le repos.

Les esclaves ont été séparés, les hommes à l'avant, les femmes et les enfants à l'arrière, puis ils ont été enchaînés dans l'entrepont, côte à côte, comme des sardines. Le moindre geste de révolte était sanctionné d'un violent coup de fouet qui arrachait un cri rauque à la victime.

Toute la nuit, j'ai entendu les gémissements lancinants des femmes et de leurs enfants, dont nous n'étions séparés que par un chargement de tonneaux d'eau douce arrimé dans l'entrepont.

Le lendemain, dès l'aube, nous avons quitté le comptoir ainsi que ses marchands répugnants et l'*Elmina* a continué sa route vers le sud. Nous avons bientôt touché un autre port, plus important que le premier, où les mêmes scènes se sont reproduites, mais à une plus grande échelle.

Là, Van Leuwen a embarqué près d'une centaine de Noirs parmi lesquels, cette fois, peu de femmes et d'enfants. Van Leuwen en était satisfait, car si les femmes résistaient mieux à la traversée que les hommes — ce qu'il avait expliqué d'un ton pédant à ma mère —, la valeur marchande des hommes était plus élevée et, au bout du compte, ces derniers généraient un meilleur profit.

L'ignoble cabotage s'est poursuivi de port en port pendant une quinzaine de jours. À la fin, près de trois cents captifs avaient rejoint les chaînes de l'entrepont.

Les transactions ne s'étaient pas toutes déroulées sans incident. Dans l'avant-dernier comptoir, la rébellion d'un groupe d'hommes — des prisonniers de guerre, ce qui arrivait souvent — avait failli mal tourner et les esclavagistes avaient dû employer la force.

De nombreux esclaves avaient été abattus au cours du bref combat qui s'en était suivi, et d'autres, battus à mort pour l'exemple. Trois des marins de l'*Elmina* y avaient perdu la vie, mais ce qui avait le plus choqué les négociants, c'était la perte financière que représentait pour eux l'hécatombe.

Van Leuwen, pour sa part, ne payait que pour les captifs livrés à bord et il n'avait pas paru autrement affecté par l'affaire.

Pas une seule fois il ne nous avait autorisés à débarquer, ce que ma mère avait interprété favorablement. La disparition des trois matelots, par ailleurs, avait influencé Van Leuwen dans sa décision de nous garder à bord. Casse-Pipe était un marin expérimenté et, de même que Lelgoualch, il constituait une bonne recrue qui, de surcroît, ne lui coûterait rien.

En ce qui me concernait, le capitaine avait accepté sans discuter que je remplace son mousse. J'avais l'impression qu'il avait à peine remarqué mon existence…

Le lendemain de l'embarquement des derniers esclaves, l'*Elmina* mettait les voiles vers l'ouest. Ainsi commençait le voyage le plus cauchemardesque qu'il m'ait été donné de faire.

# 4

## LE NOIR PASSAGE

La traversée de l'océan devait durer plus de deux mois. Deux longs mois pendant lesquels nous allions partager — façon de parler! — l'espace exigu du navire avec une trentaine de matelots des plus nerveux et un nombre dix fois plus important de captifs parqués dans l'entrepont comme on ne l'aurait pas fait avec des animaux.

Enchaînés au bordé avant la tombée de la nuit, les captifs étaient disposés en « cuillères », c'est-à-dire couchés sur le côté — sur le côté droit, car de cette façon leur cœur était moins soumis à la pression et il y aurait moins de « pertes » à déplorer — et quasiment « emboîtés » les uns dans les autres.

Tout au long de ce voyage, d'ailleurs, j'allais être confronté à ce soin attentif que le capitaine prenait de son « chargement », mais qui n'avait rien à voir avec la bonté d'âme ou la compassion. Il s'agissait simplement d'éviter au maximum les décès qui ne feraient que grossir son manque à gagner lors de la revente une fois à destination : Van Leuwen, à l'instar de la plupart des négriers, était en effet intéressé financièrement aux résultats de cet immonde négoce. Plus nombreux et en meilleure santé seraient ses captifs à l'arrivée, plus grand serait son bénéfice.

Les marins, eux, n'étaient pas logés à la même enseigne. Ils étaient tous au courant de l'épisode de la rébellion qui avait coûté la vie à trois des leurs et ils savaient que leur existence n'était pas — et de loin! — le principal souci de leurs employeurs.

De là venait leur malaise: d'une part, ils n'avaient plus guère confiance en leur capitaine — si tant est qu'ils en aient jamais eu auparavant — et d'autre part, ils vivaient dans la crainte d'une nouvelle révolte qui, cette fois, serait terriblement plus sanglante, car elle se déroulerait dans un espace clos, loin de tout secours.

En conséquence, poussés par la peur autant que par l'ignorance, ils multipliaient coups de fouet et mauvais traitements envers les prisonniers, ce qui bien entendu ne faisait qu'accroître leur ressentiment: la haine, de part et d'autre, se développait d'une manière qui ne pouvait déboucher, inéluctablement, que sur une explosion de violence fatale. Nous naviguions sur une véritable poudrière...

En principe, les captifs n'étaient enchaînés dans l'entrepont que durant la nuit. Le jour, dûment entravés, ils étaient parqués à tour de rôle sur le pont, où ils pouvaient respirer plus librement et où les chirurgiens en profitaient pour soigner les plaies et nettoyer les fers — toujours dans ce souci de ne pas trop endommager la « marchandise ».

Mais la nervosité des marins, lors de chaque changement de pont, donnait lieu à des bousculades où fusaient invectives et coups de fouet. Au bout de quelques semaines, le quartier-maître avait même renoncé à faire sortir de l'entrepont les quelques femmes et enfants qui constituaient une petite partie de la cargaison. Sachant peut-être qu'ils n'auraient pas de révolte à craindre de ceux-là, les gardes-chiourme ne connaissaient plus de limites à leur cruauté.

Le capitaine était inquiet, ayant parfaitement conscience de l'état de la situation, mais il ne réagissait pas plus intelligemment que ses marins et il tentait de conserver le contrôle sur son équipage en lui imposant une discipline de fer et en l'accablant de punitions de toutes sortes.

Je n'étais pas exempt de ces rigueurs et, trois jours à peine après avoir quitté les côtes africaines, je recevais déjà mon premier châtiment. J'avais malencontreusement renversé un seau d'eau sur le pont et les pieds du second, qui semblait être partout à la fois pour surveiller les matelots, avaient été légèrement mouillés. Sentence : vingt-cinq coups de garcette.

Les coups appliqués avec cette tresse faite de vieux cordages étaient extrêmement douloureux et laissaient longtemps des marques sur la peau. La punition m'avait été infligée devant l'équipage, et j'avais vu de nombreux marins sourire lorsqu'on m'avait lié au grand mât et dénudé le torse.

J'avais été surpris et dégoûté par cette réaction peu charitable, mais je crois aujourd'hui que ce sont ces regards moqueurs qui, finalement, m'avaient donné la force de recevoir le supplice sans verser trop ostensiblement mes larmes. Faibles parmi les faibles, les marins méprisaient cependant la faiblesse chez autrui et ils en étaient arrivés à considérer ces châtiments comme des rites de passage.

Ma mère avait assisté elle aussi au spectacle, impuissante. Il n'était pas question de rite pour elle, mais d'une atroce nécessité. J'avais lu dans ses yeux la douleur et l'humiliation, la frustration de ne pouvoir réagir, et j'avais compris que, contrairement à ce que j'avais pu imaginer, elle n'avait aucun pouvoir sur le capitaine et que ce dernier la traitait au bout du compte comme une simple catin.

Le Moine, pour sa part, était soudain sorti de sa torpeur. Il avait été près, il me semble, d'esquisser un geste en ma faveur, et même d'intervenir, mais maman lui avait lancé un coup d'œil impératif et il était retombé dans son apathie.

À présent, plus rien ne me différenciait d'un mousse ordinaire…

Le plus dur et le plus incompréhensible, pour moi, avait cependant été les regards de haine que m'avaient jetés les femmes esclaves lorsque, détaché du mât, j'étais passé près d'elles pour aller reprendre mon seau et mon faubert — car ma punition ne m'avait pas dispensé des travaux du bord.

Cette attitude m'avait profondément blessé. N'étais-je pas de leur côté, esclave parmi les esclaves, même si la couleur de ma peau semblait m'apparenter à un autre monde? Que je sois méprisé par mes tortionnaires était une évidence, c'était tout à fait dans l'ordre des choses. Mais pourquoi ceux qui auraient pu se considérer comme mes frères de douleur me rejetaient-ils aussi catégoriquement?

Il avait fallu de longues et patientes explications de la part de Le Moine, le soir venu, pour me consoler de cette douleur plus cuisante que celle infligée par les coups de garcette.

À ce moment de la traversée, je n'étais déjà plus « logé » avec ma mère. Le quartier-maître m'avait assigné une place à l'avant, avec les matelots. Cependant, le soir venu, j'avais quelques instants de liberté et j'en profitais pour rejoindre le gaillard d'arrière, d'où Le Moine ne bougeait pas.

Dans l'ombre, où il abandonnait peu à peu son attitude prostrée, ce dernier m'avait alors raconté ce qu'il savait de ces pauvres créatures que Van Leuwen menait à l'enfer des plantations.

Les esclaves venaient le plus souvent de l'intérieur des terres, où les négriers de la côte, noirs ou européens, les achetaient à ceux qui les « produisaient ». Ils pouvaient être des prisonniers de guerre mais, le plus souvent, ils avaient purement et simplement été vendus par leur propre tribu, parfois même par leur propre famille ! Parfois encore, il s'agissait de condamnés ou de captifs.

Si certains d'entre eux étaient esclaves depuis leur naissance, ils ne savaient pas pour autant quel serait leur destin après l'embarquement sur les bateaux des Blancs. Leur plus grande terreur, en fait, venait de cette croyance que ces derniers les achetaient pour les manger.

À cause de cela, certains préféraient se jeter à l'eau pour mourir près de chez eux plutôt que de disparaître dans des ventres lointains et étrangers où les esprits de leurs ancêtres seraient incapables de les retrouver.

D'autres, le plus grand nombre, mouraient tout simplement de fatigue ou à la suite des mauvais traitements endurés pendant le long voyage qui les amenait jusqu'à la côte, aux comptoirs de la traite.

Là, pourtant, leur calvaire ne faisait que commencer. Leurs conditions de détention dans les baraques des négriers causaient encore de nombreuses morts, sans compter les révoltes désespérées, matées d'une main de fer et qui se terminaient le plus souvent dans un bain de sang.

Enfin, l'entassement sur les bateaux, dans la puanteur de leurs propres déjections, surtout lors des mauvaises conditions de la mer, n'était que la continuation de leur interminable calvaire. Par gros temps, en effet, ils restaient parqués dans l'entrepont, enchaînés deux à deux, croupissant dans leurs vomissures ou dans ce que les chirurgiens du bord appelaient le flux de ventre, blanc ou rouge, et dont je préférais ne pas savoir de quoi il s'agissait exactement.

Quant à leur réaction à mon propre supplice, Le Moine m'avait expliqué que, malgré tout, je restais pour eux un de ces cannibales qui allait un jour les dévorer. Même si le capitaine m'avait fait battre, je n'en demeurais pas moins un de ses semblables. Nous n'étions pas du même monde. Je faisais partie des monstres...

Par la suite, j'ai assisté moi-même à des séances de fouet absolument inhumaines. Les autres marins n'en étaient pas exempts, mais celles appliquées aux esclaves rebelles — ou qualifiés comme tels — dépassaient tout ce que j'avais pu concevoir en fait d'horreur.

Un captif qui, au lendemain d'une tempête particulièrement violente, avait refusé, le soir venu, de se laisser de nouveau enchaîner dans l'entrepont infect, avait été suspendu par les pieds à une vergue. Là, il avait reçu cent vingt coups de fouet d'une épouvantable violence avant de mourir.

La sentence pour son insubordination ayant été fixée à cent cinquante coups, le capitaine, à la stupéfaction générale, avait ordonné au matelot chargé de l'application de la peine de continuer à frapper le cadavre sanguinolent jusqu'à ce que le compte soit complet.

Puis, en guise d'avertissement, le corps était resté suspendu ainsi aux yeux de tous, violacé et couvert de caillots et de balafres sanieuses, jusqu'à ce que la puanteur qui avait commencé de s'en dégager dès le deuxième jour soit devenue insupportable.

Après deux mois de navigation, j'étais devenu une sorte de spectre. Pour résister à l'horreur quotidienne, pour m'en protéger, j'avais fini par m'enfermer dans une carapace d'indifférence. Je comprenais à présent pourquoi les marins m'étaient souvent apparus comme des monstres insensibles, malgré la dureté des traitements auxquels ils étaient soumis.

C'est que cette dureté, justement, ne leur laissait aucune alternative. Pour survivre dans ce monde impitoyable, ils devaient devenir insensibles eux-mêmes à la pitié.

Le fait de voyager avec des créatures parvenues au bout de la misère, n'ayant même plus droit au titre d'humains, ne les émouvait plus. La plupart des matelots sur ce navire négrier n'en étaient pourtant pas à leur premier voyage, mais la compassion était un luxe qu'ils ne pouvaient plus se permettre, étant eux-mêmes à peine plus que ceux qu'ils transportaient sous leurs pieds.

Maman avait manifestement adopté la même attitude. La Murène, me disais-je avec tristesse, avait perdu ses dents. Comme nous tous…

La seule personne qui semblait souffrir encore, sur le navire, était Loïc. J'allais le voir aussi souvent que possible, et je le trouvais invariablement prostré dans son hamac d'où, suivant les instructions de ma mère, il n'osait pas bouger.

Sa maladie, sa faiblesse n'était pas feinte. Le jour comme la nuit, m'expliquait-il, les gémissements et les hurlements de douleur des femmes et des enfants enchaînés à quelques pas de lui, de l'autre côté de la réserve d'eau douce, ne lui laissaient aucun répit.

Depuis plusieurs semaines, les officiers ne voulaient plus prendre la responsabilité de les laisser sortir. Les femmes résistaient avec un courage peu commun, mais trois enfants étaient morts, vidés de leur propre sang. Le quartier-maître avait fait jeter les corps à la mer sans autre forme de procès.

Au cours des jours suivants, j'avais remarqué les ailerons des requins qui suivaient maintenant l'*Elmina* comme de fidèles et inquiétants accompagnateurs…

La chaleur, par ailleurs, était devenue suffocante. Nous n'étions plus qu'à quelques jours de l'île de la Jamaïque, où Van Leuwen comptait vendre sa cargaison ou l'échanger contre des denrées qui feraient sa fortune en Europe, et l'air des tropiques, auquel je n'étais pas habitué, venait ajouter sa moiteur et sa lourdeur à l'ambiance déjà accablante qui écrasait le navire.

Pourtant, malgré l'apathie apparente dans laquelle semblait avoir sombré l'équipage — et même les captifs, qui ne paraissaient même plus capables de se traîner eux-mêmes sur leurs jambes —, je sentais qu'une fureur sourde bouillonnait dans les poitrines oppressées et que le moindre incident mal maîtrisé suffirait à déclencher un déchaînement de violence désespérée.

Curieusement, ce n'est ni de l'équipage ni des prisonniers qu'est venue l'explosion que je pressentais.

Un jour, en fin d'après-midi — alors qu'une brise légère venait de se lever après une journée particulièrement pénible au cours de laquelle l'air lourd et immobile nous avait maintenus avachis sur le pont tandis que les voiles faseyaient lamentablement le long des mâts —, le capitaine a prié ma mère d'un ton rogue de venir dans sa cabine.

Celle-ci s'y est refusée, invoquant la fatigue et la fièvre causée par le climat si nouveau pour elle. Van Leuwen, qui avait rongé son frein toute la journée, s'est fâché et, traversant le gaillard d'arrière d'un pas vif, il l'a empoignée par le bras et a tenté de l'entraîner à sa suite.

Ma mère s'est rebiffée et, ne se contenant plus, Van Leuwen l'a frappée au visage. Sidérée, elle n'a pas eu le temps de réagir. Mais Le Moine, abandonnant subitement cette attitude d'accablement qu'il avait adoptée depuis le début de la traversée, s'est levé d'un bond et s'est précipité sur le capitaine, qu'il a jeté à terre d'un formidable coup de poing dans la figure.

La torpeur qui avait maintenu l'équipage sous son emprise tout au long de la journée s'est dissipée d'un seul coup. Le Moine se tenait debout, les poings serrés, et l'équipage regardait sans y croire Van Leuwen, vautré sur le pont comme un porc, qui le dévisageait d'un air hébété.

Reprenant très vite ses esprits, le capitaine a hurlé quelque chose en hollandais.

Les officiers et quelques hommes d'équipage se sont précipités sur Le Moine, qui s'est débattu comme un diable. Bientôt, évidemment, ce dernier s'est effondré sous le nombre.

Cependant, la chape de plomb qui m'avait maintenu dans cet état de sous-homme pendant des semaines a disparu elle aussi. Sans réfléchir, je me suis lancé à mon tour dans la mêlée.

Je n'avais aucune chance et je le savais parfaitement, mais la haine accumulée au cours du voyage venait d'exploser et rien n'aurait pu me retenir.

Rapidement, Le Moine s'est retrouvé à demi assommé sur le pont, le visage en sang, tandis que deux marins vigoureux m'immobilisaient en me tordant affreusement les bras. Le capitaine, qui s'était relevé, m'a dévisagé avec mépris et a ordonné qu'on m'attache au grand mât, en précisant d'un air mauvais que j'allais savoir dans ma chair ce qu'il en coûtait de se rebeller sur un navire.

Ma mère, quant à elle, avait été réduite au silence par le second et le deuxième officier, et elle assistait à la scène, impuissante.

Sur le pont, le spectacle n'en était pas moins saisissant. Figés par la surprise, la plupart des marins avaient les yeux vissés sur le gaillard d'arrière, ainsi que les esclaves qui se trouvaient encore à l'air libre.

Deux hommes étaient en train de me ligoter solidement au mât lorsque le cri de l'homme de vigie a retenti.

Je n'ai pas compris ce qu'il a dit, mais les visages se sont instantanément tournés vers l'ouest, tendus. Le capitaine a retrouvé son aplomb et a regardé à son tour, l'air inquiet. Il a brièvement ordonné quelque chose et, non sans une certaine confusion, les marins ont commencé à faire descendre les captifs dans l'entrepont, ne ménageant ni les coups de fouet ni les invectives.

Ils n'ont pas eu le temps de terminer leur travail que d'autres imprécations retentissaient. Tous les matelots s'étaient réunis à bâbord. La tension était extrême et les officiers multipliaient les ordres sous forme d'aboiements rauques.

En me dévissant le cou, j'ai réussi à voir ce qui suscitait cet émoi. Un bateau, toutes voiles dehors, avait surgi dans le soleil. Il marchait sur nous sans équivoque. Je pouvais distinguer le pavillon qui battait au sommet du grand mât.

Il était noir et arborait en son centre un énorme crâne blanc surmontant deux os entrecroisés.

# 5

## LE BOIS D'ÉBÈNE

Dans l'affolement général, personne n'a songé à me détacher et j'ai eu beaucoup de mal à suivre les événements.

Du coin de l'œil, je distinguais Le Moine, toujours sans connaissance, allongé sur le gaillard d'arrière. Ma mère, en revanche, avait disparu. Le capitaine n'avait certainement pas le loisir de s'en préoccuper. L'œil rivé à sa lunette d'approche, il suivait avec une anxiété grandissante la progression du vaisseau pirate. Il avait fait mettre toute la toile et changé de cap pour fuir sous le vent.

Mais le forban était un bon marcheur — un sloop, je crois, fin et de taille assez modeste —, tandis que l'*Elmina*, lourdement chargée, ne manœuvrait pas aussi aisément. Les officiers et plusieurs marins, qui redoutaient l'inéluctable, préparaient des armes. Cependant, il me semblait percevoir chez de nombreux matelots une certaine réticence à les prendre.

Cette attitude, Le Moine et Casse-Pipe m'en avaient déjà parlé. N'étant généralement guère mieux traités que des esclaves, les marins étaient rarement disposés à risquer leur vie pour leur capitaine, et encore moins pour leur armateur, pour qui ils valaient moins que ses marchandises. Je l'avais d'ailleurs constaté moi-même lors de l'abordage du *Dauphin*, quelques mois plus tôt.

À la fois résignés et inquiets, les matelots attendaient plutôt de voir ce qui allait se passer. L'issue ne faisait cependant aucun doute. Le temps avait fraîchi et le navire au pavillon noir nous rattrapait rapidement.

Mes liens me sciaient la peau du dos et les poignets. Personne ne s'occupait de moi et, plus le temps passait, plus ma position devenait douloureuse.

Au bout d'un moment, alors que le soleil, bas sur l'horizon, jetait une lueur d'incendie sur le gréement, des cris ont fusé du bateau pirate. Des hurlements sauvages, des appels guerriers, mais des cris que je comprenais. L'espoir m'est revenu. Nos assaillants étaient français et n'étaient pas les amis du roi !

La confusion à bord de l'*Elmina* était totale. Il ne restait plus un seul esclave sur le pont, mais la plupart des marins semblaient davantage en proie à la panique qu'au désir d'en découdre avec l'ennemi. Tout à coup, les grappins des pirates se sont abattus sur l'*Elmina*. Un vent de terreur a soufflé sur le pont.

L'aspect des assaillants n'y était pas pour rien. Hirsutes, barbus, vêtus de guenilles couvertes de sang séché et armés de courts sabres qu'ils maniaient avec une vigueur et une dextérité étonnantes, ils avaient l'air de véritables démons et ils faisaient fuir devant eux les marins peu désireux de se faire embrocher. Les cris de mort qu'ils poussaient sans relâche ajoutaient un effet saisissant à leur allure infernale.

Je devais me tordre le cou pour ne rien perdre du spectacle. La plupart des matelots de l'*Elmina* s'étaient instinctivement regroupés à l'arrière, autour du capitaine qui vociférait des ordres, manifestement en pure perte : les pirates avaient investi le pont.

C'est alors que Van Leuwen a lancé un cri rauque en pointant deux pistolets, qu'il venait de sortir de sa ceinture, sur le chef des forbans. Celui-ci, un solide gaillard au visage couturé de blessures, s'est arrêté net, moins apeuré que surpris. Ses hommes, autour de lui, ont semblé hésiter un instant.

Mais leur indécision n'a pas duré. Avant que le capitaine hollandais ait eu le temps de tirer, ma mère a surgi derrière lui et, le saisissant par les cheveux, elle lui a tiré la tête en arrière et lui a tranché la gorge d'un coup de couteau.

Les pirates en sont restés bouche bée. Sans doute s'étaient-ils attendus à tout sauf à une scène de ce genre. Maman ne leur a pas laissé le temps de se ressaisir. Laissant s'effondrer à ses pieds le cadavre de Van Leuwen, elle s'est adressée au capitaine français.

— Eh bien ! s'est-elle exclamée. Vous avez vu un fantôme ? Remuez-vous ! Nettoyons ce pont et allons libérer les prisonniers.

Casse-Pipe, surgissant devant moi, a crié à son tour :

— Par ici, camarades !

Puis il a sorti un long couteau et il a commencé à trancher mes liens. Les pirates, du coup, ont retrouvé leur ardeur. Le second de l'*Elmina*, comprenant que toute résistance ne ferait qu'exacerber la fureur des assaillants et provoquerait un massacre, n'a pas tardé à se rendre, aussitôt imité par les marins.

Le chef des forbans, pourtant, ne semblait pas désireux de s'arrêter en si bon chemin. Avant même de faire inspecter les cales du navire ou de se faire expliquer l'étrange présence à bord d'une femme capable d'égorger de sang-froid un capitaine, il a ordonné qu'on pende les officiers survivants.

Le fait devait être coutumier car la chose n'a pas duré plus de quelques instants. Ses hommes se sont saisis du second et de son lieutenant et, sans autre forme de procès, ils les ont pendus à la grande vergue en moins de temps qu'il n'en aurait fallu pour le dire.

Je ne comprenais pas. Ces hommes s'étant rendus, pourquoi les faire exécuter ? Cette cruauté me paraissait inutile.

Les matelots de l'*Elmina*, pour leur part, avaient assisté à la scène en silence, attendant sans doute de connaître le sort qui leur serait réservé. Manifestement, ils savaient que toute tentative de rébellion les enverrait rejoindre leurs anciens maîtres.

Cependant, les pirates n'avaient pas arboré le pavillon rouge avant l'abordage, ce qui signifiait qu'ils n'avaient pas l'intention de massacrer ceux qui ne résisteraient pas — à l'exception des gradés.

Le chef des pirates leur a même annoncé son intention de leur laisser le navire, après pillage et élection d'un nouveau capitaine qui les débarquerait dans un port de la région, ou d'accueillir à son bord ceux qui désiraient embrasser la liberté et la carrière de la flibuste.

Puis il s'est tourné vers ma mère, qu'il avait feint d'ignorer tout le temps qu'avait duré la double pendaison. Celle-ci se tenait, droite et altière, sur la dunette du gaillard d'arrière. J'ai remarqué qu'elle avait récupéré les deux pistolets de Van Leuwen et qu'elle en tenait un dans chaque poing. Pour le moment, ils étaient pointés vers le bas. Son poignard était passé dans sa ceinture.

— Que nous vaut l'honneur d'une telle compagnie, madame? a fait le flibustier d'un ton narquois. Vous maniez le fuseau d'une manière qui fait plaisir à voir.

Plusieurs de ses marins se sont esclaffés et l'homme, affichant un sourire grotesque — il lui manquait bien la moitié des dents sur le devant —, a repris:

— Quel dommage que les femmes ne soient pas les bienvenues sur nos bateaux. Toutefois, lorsque nous serons à terre, je me ferai un plaisir de lier connaissance.

— Tu pourras essayer à tes risques et périls, a répliqué maman avec morgue. Mais je dois te prévenir que les hommes trop entreprenants avec moi ne vivent en général pas très longtemps.

D'un geste de la tête, elle a désigné le cadavre de Van Leuwen, qui gisait toujours à ses pieds. J'étais stupéfait. Comment osait-elle tenir tête de la sorte à un aventurier sans foi ni loi, qui venait de prouver combien peu de cas il faisait de la vie humaine ?

Je m'attendais à ce que le pirate ordonne une nouvelle pendaison lorsque j'ai entendu quelqu'un glousser derrière moi. Je me suis retourné. C'était Casse-Pipe.

— Tu trouves ça drôle ? ai-je murmuré d'un ton agacé. Nous allons tous nous retrouver au bout d'une corde.

— Au contraire, a-t-il répondu. Elle vient de nous sauver la vie. Les boucaniers n'admirent rien tant que le courage, et ils haïssent par-dessus tout les officiers de marine, qu'elle soit marchande ou militaire. Je connais ces lascars. Tu vas voir.

Effectivement, loin de s'offusquer ou de prendre peur, le pirate a éclaté de rire avant de reprendre :

— Alors je t'éviterai comme la peste, ma belle. Je tiens à la vie. Je ne te demanderai pas non plus d'où tu viens, ces choses ne se font pas dans notre société. Je me contenterai de te débarquer sur une île d'où tu pourras rentrer dans ton pays.

— Je n'ai plus de pays et tu ne me débarqueras nulle part. Puisque c'est moi qui ai tué le capitaine, je pense que j'ai des droits sur ce bateau. Il est d'ailleurs trop lourd pour tes activités et il ne te servirait à rien. Sa cargaison, de plus, n'a aucune valeur pour toi.

— Ça, c'est à moi d'en juger, a rétorqué le pirate. Un bon vaisseau hollandais chargé de tissus, d'armes et probablement de bon vin de porto, c'est tout ce que je désire aujourd'hui.

— Alors descends dans l'entrepont et jettes-y un coup d'œil. Nous en reparlerons ensuite.

Légèrement surpris, le capitaine a jeté un coup d'œil connaisseur sur le navire, les sourcils froncés. Puis il s'est vite repris et il a hoché la tête.

— Du bois d'ébène, l'ai-je entendu grommeler entre ses dents. J'aurais dû m'en douter. Si j'avais su, je les aurais écorchés vifs avant de les pendre.

L'expression, que je venais d'entendre pour la première fois, désignait pour les négriers, les esclaves noirs dont le commerce faisait vivre nombre d'armateurs de tous les pays d'Europe.

Le pirate a adressé un signe de tête à ses hommes, qui se sont dirigés vers les écoutilles. Pendant tout le combat, les prisonniers étaient restés silencieux, probablement morts de terreur.

C'est à ce moment seulement que j'ai remarqué que plusieurs des pirates étaient noirs. Pourtant, ils semblaient jouir des mêmes droits et de la même considération que leurs compagnons.

Je n'ai pas eu le temps de m'en étonner. Un des marins, qui avait entrepris de soulever le capot d'écoutille le plus proche de moi, s'est redressé brusquement.

— *Carajo*! s'est-il écrié. Viens voir ça, Touman.

L'homme répondant au nom de Touman était un colosse dont la peau noire, sous les rayons du soleil du soir, avait pris un aspect presque violet. Vêtu de loques sanguinolentes, comme tous ses compagnons, bras et mollets nus et zébrés de marques profondes, il était effrayant.

Touman s'est approché, a soulevé sans effort le lourd capot que son camarade venait de laisser retomber, et il s'est penché au-dessus de l'ouverture béante. Puis, sans un mot, il a commencé à descendre l'échelle.

Tout à coup, un juron que je n'ai pas compris est monté des profondeurs de l'entrepont et Touman est ressorti presque aussitôt, les yeux roulant de fureur, son sabre à la main. Il s'est précipité sur le plus proche matelot de l'*Elmina* et, le saisissant au collet comme s'il s'était agi d'une simple poupée, il s'est mis à hurler.

— Libère-les! Libère-les ou je t'arrache les yeux!

Le pauvre Hollandais, qui ne comprenait pas un mot de ce qu'on lui crachait à la figure, s'est mis à trembler en cherchant du regard l'aide de ses camarades.

Casse-Pipe s'est alors avancé et il a mimé le geste de déverrouiller les fers. Cette fois, le matelot a hoché la tête et, d'une voix hachée par la peur, il s'est adressé au quartier-maître. Celui-ci avait déjà compris. Le spectacle des deux officiers pendus à la grande vergue ne l'incitait pas à protester.

Aidé par plusieurs marins, le quartier-maître a entrepris de libérer les captifs qui, tremblant de peur, remontaient un par un de l'entrepont dans les dernières lueurs du soleil couchant. Ne comprenant pas ce qui se passait, ils restaient groupés sous les regards fermés des pirates.

En dernier, les femmes et les quelques enfants survivants sont montés sur le pont. La présence de Touman et d'autres Noirs parmi l'équipage ne paraissait pas les rassurer. C'est en me souvenant que ces hommes et ces femmes avaient été vendus par les leurs avant d'échouer entre les mains des

Européens que j'ai compris qu'effectivement, pour eux, le fait de rencontrer des gens leur ressemblant ne signifiait pas forcément la liberté.

Lorsque tous ont été rassemblés sur le pont, Touman, qui semblait exercer un certain ascendant sur ses camarades, leur a adressé la parole dans une langue dont je n'avais jamais encore entendu les sonorités riches et profondes.

À mon grand étonnement, les captifs n'avaient pas l'air de le comprendre mieux que moi. Étaient-ils sourds ? Ou bien craignaient-ils à ce point le géant aux allures de boucher — qu'ils prenaient peut-être pour leur bourreau — qu'ils en avaient perdu leurs moyens ?

Tout à coup, la plus vieille des femmes s'est détachée de son groupe et s'est avancée vers Touman d'un pas vacillant. Ses chevilles et ses poignets portaient encore, suppurantes, les marques des fers qu'on ne lui avait sans doute pas enlevés depuis plusieurs semaines.

D'une voix faible et éraillée, elle a tenu un long discours à Touman, que celui-ci a écouté avec attention sans l'interrompre. Enfin, se retournant vers son capitaine, Touman a expliqué que ces prisonniers venaient de tribus dont il ne connaissait pas la langue, mais que cette vieille était originaire de son propre peuple — les Mandingues, qui vivaient plus au nord — et qu'elle avait été vendue comme esclave bien des années auparavant à un négociant de la côte, qui l'avait à son tour cédée au Hollandais.

Les captifs, disait cette femme qui connaissait leur langue, craignaient tous les occupants de ce bateau et ne faisaient confiance à aucun.

Une longue négociation a alors commencé, Touman et la vieille esclave servant à tour de rôle d'interprète entre le chef pirate et un des prisonniers les plus âgés qui, sans avoir d'autorité réelle sur les autres, était au moins respecté en raison de son âge.

Les esclaves ne souhaitaient qu'une chose : revenir dans leur pays. Le capitaine, pour sa part, leur expliquait non seulement que c'était impossible, mais que si malgré tout ils y parvenaient un jour, ils seraient immédiatement repris et vendus, et que tout recommencerait.

Au contraire, prétendait-il, il existait plus à l'ouest des îles vastes et boisées, au relief accidenté, qui servaient de refuge aux esclaves fugitifs, qu'on appelait les nègres marrons. Ceux qui le désiraient pourraient y débarquer. Pour les autres, il ne restait que la mer, seul véritable espace libre selon lui.

Touman puis la vieille ayant traduit ces propositions, les prisonniers ont commencé à discuter entre eux tandis que les pirates, de leur côté, en faisaient autant à voix basse.

Il faisait presque nuit à présent et, de toute façon, il n'y avait pas grand-chose d'autre à faire que de mettre en panne jusqu'au lendemain. Le Moine, entre-temps, était sorti de l'inconscience et il se tenait près de ma mère, qui venait de le mettre discrètement au courant des derniers événements.

Casse-Pipe et Lelgoualch les avaient rejoints et le groupe, même si son attitude n'avait rien d'ostensiblement menaçant, suscitait de la part des forbans des regards pleins de méfiance. Malheureusement, nous n'étions pas en position de force et je ne nous voyais guère tenter la reprise du vaisseau par les armes.

Comment la nuit allait-elle se passer ? Les pirates regagneraient-ils leur bateau, nous laissant sur le nôtre avec les marins hollandais et les prisonniers libérés ? Je n'étais sans doute pas le seul à me poser la question.

La décision du capitaine ne s'est pas fait attendre. Celui-ci a nommé Touman responsable de l'*Elmina* et lui a demandé de rester à bord avec plusieurs hommes sûrs et les prisonniers libérés. Pour sa part, il rejoindrait son propre navire avec les Français — c'est-à-dire nous — et le quartier-maître hollandais.

J'étais perplexe. Devions-nous nous considérer comme des otages, ou plutôt comme étant sous sa protection? Dans l'état actuel des choses, il m'était impossible de trancher.

J'ai alors pensé à Loïc. Tout le monde paraissait l'avoir oublié. J'ai profité de l'ombre pour m'éclipser furtivement et rejoindre l'entrepont, dans lequel le mousse devait se trouver seul sans savoir ce qui se passait au-dessus de sa tête.

Je me suis glissé par l'écoutille de l'arrière. L'endroit était désert. Je connaissais le chemin et je me suis faufilé jusqu'à son hamac dans la puanteur ambiante.

Parvenu au fond, j'ai eu un choc. Le hamac était vide!

# 6

## LA *LOUVE DE MER*

L'entrepont était plongé dans l'obscurité la plus totale. J'ai cherché, d'abord à tâtons, silencieusement, en me cognant sans arrêt contre des fûts arrimés là ou trébuchant dans les fers qui traînaient sur le plancher.

L'odeur de sang et de peur était plus atroce encore que celle des vomissures et des déjections qui s'étaient accumulées au cours des dernières semaines. L'idée que Loïc était peut-être mort m'a soudain noué la gorge. Mort seul, mort dans l'obscurité… Depuis quand ?

Trempé de sueur, je me suis affolé et je me suis mis à courir comme un canard auquel on vient de couper la tête, heurtant des objets durs ou mous que j'étais incapable d'identifier. Des corps, peut-être, pensais-je en frissonnant…

J'ai fini par me prendre les pieds dans des chaînes abandonnées lors de la libération des captifs et je me suis effondré sur le plancher. Le bois en était humide et poisseux. Pris de répulsion, je me suis relevé et ma tête a violemment frappé une poutre. J'ai perdu connaissance.

Lorsque je me suis réveillé, j'ai vaguement perçu une ombre penchée sur moi. Je me suis raidi, sur la défensive. Alors j'ai entendu la voix de Loïc et je me suis calmé.

— Gilles, a-t-il murmuré d'une voix tremblante, est-ce que ça va? Qu'est-ce qui se passe là-haut? Nous avons été attaqués?

Loïc serrait nerveusement mes mains dans les siennes. Je n'avais pas dû rester inconscient plus de quelques secondes. Je pouvais entendre des pas précipités sur le pont, au-dessus de nous.

Les voiles avaient certainement été amenées, car le bateau roulait doucement, mais le frottement de l'eau contre la coque qui m'avait bercé pendant tant de nuits avait disparu. Le capitaine pirate avait sans doute fait mettre en panne.

J'ai brièvement raconté les derniers événements à Loïc. Lui, pour sa part, m'a confié qu'il s'était caché lorsque les hommes étaient descendus dans l'entrepont pour retirer les fers des captifs. Il avait eu peur.

— Peur de quoi? ai-je demandé, surpris. Puisqu'il s'agissait de libérer des esclaves, tu n'avais rien à craindre.

— Peur qu'ils me trouvent, a répondu le mousse d'une voix tremblante. Peur qu'ils me prennent et qu'ils me…

Il s'est tu, hésitant. Je le devinais se retournant anxieusement dans l'ombre comme si des espions se trouvaient aux aguets dans les ténèbres de l'entrepont. Je ne comprenais toujours pas cette frayeur irrationnelle qui le prenait lorsque des hommes s'approchaient de lui.

— Qu'allons-nous faire à présent? a-t-il repris au bout d'un moment.

— Rejoindre ma mère sur l'autre bateau.

Loïc m'avait à peine aidé à me remettre sur mes pieds qu'une lueur dansante apparaissait quelques pas plus loin, derrière un arrimage de fûts de bois. Puis des pas se sont fait entendre, pas légers de pieds nus, ainsi qu'une voix grave et curieusement chantante. J'ai reconnu celle de Touman.

— Quelle putréfaction! s'exclamait celui-ci. Si le capitaine n'avait pas fait pendre les officiers, je les aurais découpés moi-même en petits morceaux avec plaisir.

— Et tu les aurais mangés? a répondu un homme dont la voix éraillée et moqueuse était empreinte d'un fort accent breton.

— Ne plaisante pas avec ça, Le Foll, a répliqué Touman d'un ton calme, sinon c'est toi que je passerai sur le boucan un de ces jours.

Le nommé Le Foll s'est mis à glousser. Il n'avait nullement l'air effrayé par la menace du géant noir.

Loïc, en revanche, s'était accroché à moi. Il tremblait de tous ses membres. J'ai voulu faire un pas en direction des pirates, qui ne nous avaient pas encore repérés, mais le mousse m'a tiré par la manche.

— Cachons-nous, a-t-il murmuré d'une voix étouffée.

— Au contraire, ai-je fait. Montrons-nous avant qu'ils nous trouvent. Le navire n'est pas si grand, ils nous découvriront de toute façon. Je crois qu'ils n'aiment pas beaucoup qu'on leur résiste. Et puis ils n'ont pas l'air de nous en vouloir, ils n'ont fait de mal ni à ma mère ni à nos compagnons.

Loïc ne semblait pas convaincu, mais que pouvait-il faire? Tout à coup, le fanal tenu par Touman a été dirigé sur nous et sa lumière nous a éblouis. Loïc s'est protégé le visage dans un geste de défense tandis que les deux marins s'approchaient.

— Tiens, tiens, a lancé Le Foll de son ton railleur, voilà nos deux jouvenceaux. Allons, vous autres, sur le pont, et en vitesse.

Loïc, terrifié, s'est dissimulé derrière moi, bastion dérisoire face au gigantesque Noir qui s'avançait vers nous. Néanmoins, j'ai essayé de prendre une attitude protectrice, pour illusoire qu'elle soit.

Touman a fait un geste vers son compagnon, comme pour l'écarter. Puis il s'est arrêté devant nous. Sa tête arrivait au plafond et il nous dominait de toute sa stature.

— Suivez-nous, a-t-il dit d'une voix étonnamment douce. Votre mère vous attend.

Pendant un instant, j'ai cru qu'il me vouvoyait, mais j'ai vite compris que la chose était impensable de la part d'un pirate parlant à un garçon de mon âge, vêtu de surcroît comme un simple matelot. Lorsqu'il avait parlé de «notre» mère, il s'était adressé autant à Loïc qu'à moi.

Un moment plus tard, nous nous trouvions à bord du sloop le *Chien bleu* du capitaine Régalec.

L'homme était étrange. Tout capitaine qu'il soit, il portait les mêmes loques informes et tachées de sang que ses compagnons. Il dégageait une odeur répugnante de fumée et de viande morte qui me soulevait le cœur. Il était largement édenté, son haleine était épouvantable et son aspect terrifiant était accentué par une crête rougeâtre qui lui ornait le sommet du crâne, par ailleurs rasé.

Malgré cette apparence, il s'exprimait avec une sorte de courtoisie un peu théâtrale qui semblait l'amuser beaucoup (j'apprendrais plus tard que, dans sa jeunesse, il avait étudié chez les Jésuites avant de devenir forban). Lorsque Loïc et moi sommes arrivés sur le pont du *Chien bleu*, conduits par Touman, il était en train de pérorer à propos de ses aventures — réelles ou imaginaires. Ma mère écoutait sans sourire.

Le capitaine Régalec et ses hommes étaient des boucaniers et la piraterie, selon lui, ne l'occupait qu'à temps perdu. Il ne sortait en mer, en fait, que poussé par la nécessité.

Casse-Pipe m'avait déjà parlé des boucaniers. D'une saleté repoussante, puants et brutaux, ces hommes vivaient autrefois à demi sauvages dans la plus grande île des Antilles, Hispaniola[1]. Ils y chassaient le bœuf sauvage, dont ils fumaient la viande sur des installations appelées boucans, d'où ils tiraient leur nom.

1. Aujourd'hui, l'île d'Haïti.

Lorsque la viande venait à manquer — souvent parce que les Espagnols, pour les affamer, massacraient les bœufs —, les boucaniers prenaient la mer et s'en allaient piller et razzier ce qu'ils pouvaient. Mais l'océan ne les attirait pas plus que ça et, aussitôt leur butin pris, ils préféraient retourner à terre pour reprendre leur vie fruste et libre.

Quelques années auparavant, les Espagnols avaient réussi à les chasser définitivement d'Hispaniola et, depuis, ils s'étaient réfugiés dans l'île de la Tortue, une possession française où ils se livraient à la contrebande avec les colons de toutes nationalités qui, s'ils les craignaient, devaient bien admettre qu'ils leur étaient nécessaires.

C'est que la survie des colons dépendait souvent de leurs approvisionnements locaux. En effet, les systèmes de monopole du commerce et l'obligation de se restreindre à certaines cultures imposées par leurs empires et royaumes respectifs maintenaient les moins riches d'entre eux dans une quasi-indigence, et seuls les boucaniers et les flibustiers étaient en mesure de satisfaire les plus urgents de leurs besoins.

La société des boucaniers était basée sur l'égalité de tous, mais elle était essentiellement masculine. C'était sur ce point que portait la discussion au moment où Loïc et moi avons rejoint ma mère sur le *Chien bleu*.

— Vous comprendrez, disait Régalec, que je ne puisse vous garder avec moi. Mon équipage se disloquerait en quelques semaines, quelques jours même. Je vous débarquerai sur une île et…

— Ma position n'a pas varié, a répliqué ma mère en l'interrompant. Je ne veux débarquer nulle part. Tout ce dont j'ai besoin, c'est d'un bateau et d'un équipage.

Régalec l'a longuement dévisagée, les yeux mi-clos. Les autres marins, silencieux, observaient la scène en hochant la tête, avec un intérêt non dissimulé. Casse-Pipe avait sans doute raison : l'aplomb de ma mère leur imposait un certain respect.

— Pour le bateau, a enfin prononcé lentement le pirate, c'est vrai que je n'ai que faire d'un sabot comme l'*Elmina*. Il nous faut des navires légers et rapides. Mais une prise reste une prise et je n'en ai pas la libre disposition. Si mes compagnons le désirent, à la majorité et à cette condition seulement, vous pourrez la prendre et vous en proclamer commandant. Quant à l'équipage, notre règle est bien simple : quiconque voudra embarquer avec vous sera libre de le faire. Mais sachez que chez nous, on ne devient capitaine et on ne le reste que par la volonté de l'équipage.

Les marins se sont mis à sourire, certains même à ricaner ou à échanger des remarques désobligeantes. L'idée d'être conduits à l'abordage par une femme (le capitaine d'un bateau pirate n'avait d'ailleurs guère d'autre fonction) leur paraissait franchement comique.

Cependant, avant toute prise de décision sur ce sujet, il restait à régler un problème de taille. C'est Touman qui l'a soulevé, alors qu'il se disposait à retourner à bord de l'*Elmina*, dont il avait provisoirement la charge.

— Régalec, a déclaré celui-ci, ce bateau pue la mort et il est maudit. Aucun marin ici n'en voudra, si tu veux mon avis. Mais qu'allons-nous faire de ces gens?

Il désignait du bras la flûte — toujours arrimée au *Chien bleu* —, où les captifs libérés et les matelots hollandais étaient massés sur le pont, surveillés par une demi-douzaine de boucaniers.

— Ce qui est sûr, c'est que nous ne les ramènerons pas chez eux. C'est impossible. Ceux qui le veulent pourront rester avec nous, mais les autres devront débarquer.

— Aucun d'entre eux ne parle français ou anglais, ni même espagnol, a dit Le Moine.

Les lâcher sur une île les fera tomber sous la coupe du premier négrier venu.

— Les colons et les planteurs sont regroupés près de la côte et des ports les plus importants des grosses îles, a répondu Régalec. Mais à l'intérieur, il y a des communautés de nègres marrons.

— Elles ne sont pas faciles à rejoindre depuis la côte, a fait remarquer un Noir qui se tenait accroupi près du bordage. Les marrons de la forêt sont des fugitifs qui s'y sont rendus seuls ou en petits groupes. Une troupe nombreuse comprenant des femmes et des enfants n'aurait aucune chance.

— Qu'est-ce que tu veux que nous en fassions, alors ? a repris Touman, qui se tenait toujours près du bastingage. Les vendre ? Les jeter à l'eau ?

— Ne t'énerve pas, Touman, a répondu l'autre. Je dis simplement que ce ne sera pas facile dans les îles. Mais il y a des communautés plus importantes dans les Guyanes. Et on peut y accéder par une multitude de criques discrètes.

— Et qui va conduire ce rafiot jusque là-bas ? est alors intervenu Régalec d'un ton railleur. Toi, peut-être ? Ou toi, Touman ? Il ne nous reste que quelques jours de vivres et le butin de l'*Elmina* ne vaut pas une crotte de rat. Qui prendrait ce risque ?

— Moi, a lancé ma mère.

Toutes les têtes se sont tournées vers elle.

— Vous êtes bien prétentieuse, a lancé Régalec avec humeur. Qui êtes-vous donc, à la fin ?

Le lendemain avant midi, le partage était fait, les destinations établies, et les deux navires faisaient route vers l'ouest.

Jusque très tard dans la soirée, maman et Le Moine avaient raconté aux marins du *Chien bleu* notre sauvage équipée en Bretagne, puis sur la Manche, et, enfin, la perte de notre bateau et notre sauvetage — si l'on pouvait le qualifier ainsi — par le capitaine Van Leuwen.

Seul détail inexact de la narration, ma mère avait confirmé que Loïc et moi étions ses enfants. En revanche, elle n'avait rien précisé quant à ses relations avec Le Moine, estimant sans doute que ce genre de mensonge ne lui serait d'aucune utilité dans la société des pirates. La seule chose qui me chagrinait, c'était qu'à aucun moment elle n'avait fait allusion à Nicolas.

Les marins étaient sans doute de grands fabulateurs, mais ils avaient cependant quelques raisons de croire ce que nous leur avions relaté.

Tout d'abord, Casse-Pipe et Lelgoualch avaient déjà lâché, en début de soirée, quelques détails de notre épopée en discutant avec les matelots du *Chien bleu*, et ces détails concordaient avec le récit de ma mère. Ensuite, tous avaient été témoins de la rapidité et du sang-froid avec lesquels ma mère avait égorgé Van Leuwen au moment où celui-ci allait exécuter Régalec.

Ce dernier avait donc proposé que, dès le lendemain matin, tous les marins du *Chien bleu* tiennent une assemblée et votent sur le sort de l'*Elmina* et, accessoirement, sur le nôtre.

Le quartier-maître, un nommé Le Goff, breton comme nous, était chargé de veiller à ce que les intérêts de tous soient respectés ainsi que les règlements de la chasse-partie, ou charte-partie, sorte de contrat d'association et de prévoyance que passaient entre eux les flibustiers avant de partir en mer.

Les pirates étaient souvent d'excellents marins — beaucoup d'entre eux étant des déserteurs des marines marchande ou royale de leur pays —, mais peu s'y connaissaient réellement en navigation. Le choix d'un capitaine, en dehors des questions d'abordage, reposait donc en partie sur sa connaissance de l'art de la mer.

C'est ce point qu'avait fait valoir Le Moine : il proposait de commander l'*Elmina* sur la base d'une sorte de gouvernement à deux têtes, dans lequel il assurerait la partie technique de la navigation tandis que Rachel dirigerait les opérations et choisirait la route à suivre.

Lors du vote, ce système avait séduit quelques pirates, qui avaient ainsi décidé de changer de bord. Il y avait deux protestants d'origine hollandaise parmi eux, qui se chargeraient de l'intégration des marins choisissant de rester avec nous. Parmi ces derniers, cinq avaient décidé d'intégrer notre équipage, une quinzaine était passée sur le *Chien bleu* et le reste serait débarqué dans le premier port venu.

L'avis des captifs africains avait également été sollicité, par le biais de Touman et de la vieille Mandingue. On leur avait expliqué qu'un retour au pays natal était hors de question, mais qu'on laisserait libres sur une terre sans maître ceux qui le désireraient.

Ceux qui le souhaitaient pourraient toutefois intégrer l'équipage de l'un ou l'autre navire. Ils pourraient y poursuivre une vie plus rude, plus dangereuse — celle des pirates —, et cela leur donnerait peut-être l'occasion de se venger de leurs tortionnaires.

La discussion avait été très longue et incompréhensible, mais tous avaient choisi de rejoindre les communautés marronnes des côtes guyanaises, à l'exception de deux très jeunes hommes qui avaient manifesté leur intérêt de continuer le voyage avec nous.

Dans un premier temps, cependant, les deux navires rejoindraient de conserve l'île de la Tortue afin de faire provision d'eau douce et de vivres. Ensuite, le navire hollandais prendrait la route du sud, avec à son bord ses passagers et son nouvel équipage. Enfin, d'un commun accord, l'*Elmina* avait été rebaptisée la *Louve de mer*, sur une proposition de Régalec, en hommage à son si étrange capitaine.

Le changement du nom d'un bateau, en général, était de mauvais augure parmi les marins. L'aventure de la *Murène*, d'ailleurs, m'avait laissé par deux fois un goût amer. Mais il était en revanche très prisé chez les pirates, qui y voyaient une affirmation de leur nouvelle vie et rebaptisaient souvent leurs prises — de la même façon qu'ils adoptaient volontiers eux-mêmes un autre nom.

À ce propos, avant de quitter son bord, j'ai demandé à Régalec de quelle région de Bretagne il venait, car je ne reconnaissais pas son accent. Le bonhomme a éclaté de rire.

— Moi, breton! s'est-il exclamé. Quelle drôle d'idée! Je suis basque, mon garçon.

— Mais, votre nom… ai-je hasardé.

Cette fois, c'est l'équipage entier qui s'est laissé aller à une hilarité irrépressible.

— Mon vrai nom, plus personne ne le connaît, a repris le capitaine. On m'a donné celui d'un poisson. Le régalec. C'est un animal énorme qu'on appelle aussi — ne ris pas! — le roi des harengs. Sais-tu à quoi on le reconnaît? À la longue nageoire rouge qui lui court tout le long du dos.

Et il est reparti à rire en caressant d'un air ravi la crête roussâtre qui lui ornait le crâne, et qu'il badigeonnait avant chaque abordage de sang de poisson afin de soigner son image de boucher sanguinaire auprès de ses victimes.

# 7

## FUSILS ET COUTELAS

J'ai peu de chose à dire sur l'île de la Tortue, sinon que je ne m'y sentais pas à l'aise. L'endroit était un repaire de forbans de toutes provenances, et ceux-ci y buvaient ou perdaient au jeu, en quelques nuits, le peu de butin qu'ils avaient ramassé en risquant cent fois leur vie et en vivant dans des conditions souvent atroces, manquant d'eau et de nourriture, souffrant de ces mille maladies qui rendent la vie du marin si misérable.

Pourtant, je parvenais à les comprendre. Au cours de ces orgies courtes mais intenses, ces gens vivaient enfin sans frein, sans limites, sans oppresseur. En l'espace de quelques jours, ils devenaient des princes tout-puissants, maîtres de leur destin et de leur corps.

La fête n'était qu'une explosion, une libération longtemps attendue qui pouvait enfin leur faire oublier l'horreur et le désespoir de leur condition.

Pour avoir voulu s'affranchir des lois qui maintenaient sous leur joug de moins courageux qu'eux — ou de moins inconscients qu'eux —, ils vivaient en parias, fuyant sans cesse devant les pavillons des royaumes et empires qui leur donnaient la chasse.

Ils se vengeaient, parfois, au hasard de leurs prises, et rares étaient les officiers à qui ils acceptaient de faire quartier, eux qui portaient encore dans leur chair la marque des fouets et des fers qui les avaient réduits à l'état de bêtes.

Davantage que la vengeance, c'était cette perspective de liberté absolue qui les poussait sur la mer en quête de proies à dépouiller. Les richesses ne resteraient que quelques heures, quelques jours entre leurs mains avant de fondre dans les bouges de la côte.

Et au dernier matin, à peine dégrisés, l'estomac encore bouleversé par les excès d'alcool et de nourriture, les membres tremblants, ils se retrouvaient, blêmes et miséreux, prêts à embarquer de nouveau, prêts à affronter de longs mois de misère et de souffrance sur la mer dans l'espoir de pouvoir s'offrir une fois encore les fastes illusoires des tavernes de la Tortue.

En abordant dans l'île, nous n'avions aucune fortune à dépenser. Les quelques marchandises restant dans la cale de l'ex-*Elmina* nous ont servi à acheter des vivres et quelques armes.

Une semaine après notre arrivée, la *Louve de mer* appareillait donc en direction de l'est, car il fallait d'abord contourner l'arc des petites Antilles avant de descendre plein sud vers les côtes de Guyane.

L'expédition était extrêmement périlleuse, avec un équipage aussi réduit et des passagers perpétuellement apeurés dont la plupart, je crois, n'avaient même pas bien compris vers quoi ils s'en allaient.

Outre ma mère, Le Moine, Casse-Pipe, Lelgoualch, Loïc et moi, l'équipage comprenait les deux anciens esclaves libérés, sept Hollandais — dont cinq, originaires de l'*Elmina*, ne parlaient pas français — ainsi qu'une dizaine de transfuges du *Chien bleu*, autant de Noirs que de Blancs, parmi lesquels le couple étrange formé par Touman et Le Foll.

Les flibustiers, je n'allais pas tarder à m'en apercevoir, vivaient en paires dont chacune formait une communauté spéciale au sein de la collectivité plus large de l'équipage. Ce système, qu'ils dénommaient eux-mêmes le matelotage, était plus qu'une simple amitié.

Les deux matelots ainsi unis partageaient tout, y compris le même hamac, et étaient héritiers l'un de l'autre en cas de décès. Ils travaillaient ensemble et se battaient ensemble, sauf lorsque l'un d'eux, blessé au combat, ne le pouvait pas. Son compagnon survenait alors aux besoins des deux.

L'idée avait dégoûté Loïc, que les marins effrayaient toujours. Aussi, dès le premier soir, alors que Touman, notre nouveau quartier-maître, avait fait réorganiser l'entrepont sous la supervision de Lelgoualch, il s'était précipité dans mes bras en me demandant de le prendre avec lui, m'assurant qu'il s'occuperait de moi du mieux qu'il le pourrait.

Le Foll l'avait dévisagé en ricanant et il avait esquissé quelques pas en se dandinant de façon grotesque sur le pont quand un matelot lui avait lancé :

— Occupe-toi de tes fesses et laisse celles de ces garçons, Le Foll, sinon Touman pourrait bien s'en charger lui-même.

Le Foll lui avait répondu par une grimace et s'était éloigné en ricanant. Ces plaisanteries me pesaient et elles ne semblaient pas près de se terminer. Chaque nuit, Loïc s'endormait pelotonné contre moi dans notre hamac commun et parfois, lorsque je me réveillais au milieu de la nuit, sa main menue ou sa joue chaude contre ma poitrine me laissait une sensation mêlée de douceur et de honte.

Pour le reste, la vie s'organisait à bord selon les règles de la vie pirate. À une exception près : l'équipage, sur une proposition de Touman, avait accordé à maman l'usage exclusif de la cabine de feu Van Leuwen. Cette prérogative ne lui venait pas de son statut de capitaine mais du fait qu'elle était la seule femme à bord, si l'on exceptait les passagères africaines qui ne faisaient pas partie de l'équipage.

Celles-ci avaient été installées dans les anciennes cabines des officiers, et ni Le Moine ni Touman ne pouvaient se vanter de jouir du moindre privilège. Si, à l'instar de Lelgoualch le charpentier, on reconnaissait l'importance de leur savoir-faire ou de leurs connaissances, ils demeuraient sur le navire des hommes comme les autres.

Nous naviguions depuis une bonne quinzaine de jours, évitant les autres voiliers qui, eux aussi, dans l'incertitude — les parages étant notoirement infestés de pirates —, préféraient sans doute ne pas se laisser approcher par un navire inconnu.

Nous étions proches, m'avait dit Touman, de l'île de la Barbade, que nous allions laisser à bâbord avant de poursuivre notre route en direction de Trinidad. La température était suffocante et l'alizé était trop faible, en ce début d'après-midi, pour nous rafraîchir.

Le bateau se traînait lamentablement et l'équipage était nerveux. Tout à coup, l'homme de vigie a signalé une voile à bâbord. Plusieurs matelots se sont approchés du bastingage.

— Un gars de la Barbade qui fait du cabotage avec Saint-Vincent ou Grenade, a fait Le Foll en fixant le vague point blanc que je distinguais à peine à l'horizon. Il va suivre le vent et passer derrière nous.

Pourtant, au bout d'un moment, l'homme de vigie a crié de nouveau :

— Il vient sur nous ! Un sloop. C'est un bon marcheur et il a le vent en poupe !

Cette fois, tous les hommes se sont précipités à bâbord. Ma mère est sortie de la cabine des femmes, où elle se rendait souvent, en compagnie de la vieille Mandingue, sans doute pour les rassurer, ou par simple compassion. Les hommes du bord, eux, n'avaient pas le droit de s'en approcher.

Je me trouvais à côté de Touman, non loin du gaillard d'arrière. Maman est venue nous rejoindre.

— Qu'en penses-tu ? a-t-elle demandé au quartier-maître.

— Rien de bon, a répondu celui-ci. Dans ces parages, quand un navire en approche un autre, c'est rarement pour venir discuter du temps qu'il fait.

— À qui appartient la Barbade ?

— C'est une colonie anglaise. Bonne pour les Anglais. Je m'en méfie.

Le temps semblait s'être englué dans la chaleur torride. J'avais l'impression que les rayons du soleil s'écrasaient sur mon front et mes tempes avant de dégouliner en rigoles noirâtres sur mon cou et ma poitrine. Avec un vent aussi faible, me disais-je, il faudrait des heures au bateau inconnu pour nous rattraper. Le nôtre, néanmoins, plus lourd et moins maniable, n'avait aucune chance de lui échapper.

Nous étions conscients de nos faiblesses. Nous étions peu nombreux et mal équipés — nous ne disposions pas de canons et, à part les deux pistolets de maman, nous n'avions comme armes à feu que des fusils à silex que les boucaniers utilisaient pour la chasse, et qui sautaient autant à la figure de leur propriétaire qu'à celle de l'ennemi.

Bien sûr, on racontait encore sur les bateaux les exploits de Pierre Le Grand, flibustier dieppois qui, à la tête d'une vingtaine de lascars entassés dans une barque, s'était emparé d'un vaisseau espagnol de cinquante-quatre canons. La fureur et la détermination du groupe avaient eu raison d'un ennemi abasourdi.

Mais Le Grand avait bénéficié d'un effet de surprise et sa victime espagnole, confiante dans ses canons et prise au dépourvu, n'avait même pas imaginé la possibilité d'un abordage. La situation présente était différente. Le navire inconnu venait sur nous avec dessein et nous ne tiendrions pas longtemps contre un adversaire déterminé et certainement très supérieur en nombre.

L'inquiétude commençait à poindre, palpable, et elle se transmettait rapidement aux Africains qui, même s'ils ne comprenaient pas ce qui se disait autour d'eux, sentaient parfaitement l'angoisse latente qui s'installait sur le navire.

— Une dizaine de canons! a soudain crié la vigie. Il nous prend en chasse!

La tension a monté d'un cran.

— Faites diminuer la toile et distribuer les armes, a calmement ordonné ma mère.

— Pourquoi amener les voiles? ai-je demandé, alarmé. Nous allons ralentir et...

— Ce sloop nous rattrapera de toute façon, a répliqué ma mère, et si nous faisons mine de fuir, il n'en sera que plus enragé. Cependant, nous resterons vent arrière pour minimiser la cible un peu trop facile que nous constituons pour lui.

Sans perdre un instant, Le Moine avait commencé à remettre aux marins nos quelques fusils à pierre ainsi que des coutelas et des sabres d'abordage. Les fusils, en nombre restreint, étaient réservés aux boucaniers, qui en connaissaient le maniement délicat. Les coutelas, en revanche, ne manquaient pas.

Ma mère, pour sa part, semblait réfléchir. Discrètement, elle semblait évaluer de l'œil le groupe compact des anciens esclaves qui, agglutinés sur le pont, discutaient à voix basse. Ils paraissaient divisés en deux camps opposés, mais désireux également de ne pas laisser cette opposition transparaître de façon trop ostensible devant nous.

Se sentant observés, ils baissaient le ton, mais la rage qui animait certains d'entre eux se lisait sur leurs traits. Ces allures de conspirateurs ne me laissaient rien présager de bon. L'un d'eux, en particulier, qui semblait avoir un certain ascendant sur les autres, affichait une haine violente qui lui déformait les traits et faisait de son visage un véritable cauchemar.

Y avait-il de la révolte dans l'air ? Nous étions pris entre deux feux, celui des canons du sloop qui nous poursuivait et celui d'une mutinerie qui ne demandait qu'à exploser, et je ne donnais pas cher de notre peau.

Ma mère s'est alors penchée vers Touman et lui a glissé quelques mots à l'oreille. Après avoir jeté un regard préoccupé vers les Africains, celui-ci a hoché la tête, a murmuré quelque chose puis, sur un signe de tête de ma mère, s'est dirigé vers la cabine des femmes.

Il en est ressorti assez rapidement avec la vieille femme qui nous servait d'interprète. Rejoignant ma mère, ils se sont dirigés ensemble vers les anciens captifs. Ceux-ci, à leur approche, se sont tus. Les visages se sont fermés.

Alors a commencé une palabre bruyante et compliquée au cours de laquelle ceux qui paraissaient les meneurs des deux clans opposés ont exposé leur position à ma mère, par le truchement de la vieille et de Touman.

Les uns, les plus prudents — ou les plus méfiants, peut-être —, refusaient catégoriquement de se mêler des affaires des Blancs et souhaitaient demeurer à l'écart de leurs combats qui, estimaient-ils, ne les concernaient pas. Ils accusaient les autres de vouloir attirer sur eux des ennuis dont ils n'avaient nul besoin.

Ces derniers, légèrement moins nombreux — souvent plus jeunes, également —, désiraient prendre les armes aux côtés des flibustiers qui leur avaient rendu la liberté. Tout navire venant de l'extérieur représentait pour eux une menace. Même si, au départ, ils n'avaient pas voulu s'engager dans un des équipages pirates, préférant rejoindre les marrons sur la côte guyanaise, ils considéraient maintenant que leur intérêt était de soutenir activement leurs libérateurs afin de ne pas retomber aux mains de marins moins scrupuleux.

C'était, du moins, ce que prétendait l'homme au visage atrocement défiguré par de nombreuses blessures, à qui les autres semblaient avoir confié la tâche de les représenter. Curieusement, cependant, personne ne pouvait se vanter d'avoir entendu le son de sa voix. Un jeune garçon, qui ne le quittait jamais d'une semelle, parlait toujours en son nom.

Maman a vite compris qu'il était inutile de discuter ainsi pendant des heures. Le sloop se rapprochait constamment et il fallait prendre une décision avant qu'il nous aborde.

— Fais distribuer des coutelas à ceux qui désirent se battre, a-t-elle dit à Touman. Leur aide sera la bienvenue si ça tourne mal. Fais descendre les autres dans l'entrepont. Je ne veux ici que des combattants.

— Il y a un risque, a fait remarquer Le Moine, qui s'était rapproché de nous. Ils sont plus nombreux que nous et après le combat, s'il y en a un et si nous l'emportons, il sera difficile de les désarmer. Ils pourront alors se retourner contre nous.

— Les laisser désarmés est un risque également, a rétorqué ma mère. Celui de tout perdre. Il faut choisir.

Le Moine a simplement incliné la tête, signifiant qu'il acceptait ce choix. Avec l'aide de Touman, il a fait passer des coutelas à tous les hommes qui se présentaient. À la fin de la distribution, près d'une centaine de Noirs, la plupart dans la force de l'âge, avaient en main de quoi décapiter en un clin d'œil leur plus proche voisin.

D'un seul coup, les rapports de forces venaient de changer à bord de la *Louve de mer*. Quatre fois plus nombreux que nous, n'ayant rien à perdre puisqu'ils avaient déjà tout perdu, les anciens esclaves étaient en mesure, si l'envie leur en prenait, de nous découper en morceaux et de nous jeter par-dessus bord.

Par ailleurs, je me rendais compte que, davantage que leurs coutelas, c'étaient leurs visages impénétrables et leur langue incon-nue qui m'épouvantaient. Non seulement je ne pouvais pas les comprendre mais, n'ayant rien de commun avec eux, je ne pouvais même pas me mettre à leur place.

Le Barbadien, pendant ce temps, avait gagné du terrain et nous pouvions presque en distinguer les occupants. Maman avait fait coucher les hommes armés sur le pont afin de ne pas leur révéler nos forces. Seuls une douzaine d'hommes étaient visibles à ses côtés.

Tout à coup, l'étranger a hissé ses cou-leurs. La chaleur a brusquement quitté mon corps. Le *Jolly Roger*! Le drapeau noir! Après avoir été pirates nous-mêmes, allions-nous terminer notre course sous les boulets d'un « confrère » ?

— Les pirates s'attaquent-ils donc entre eux ? ai-je demandé.

— En principe, non, a répondu Touman. Les boucaniers, en tout cas, ne le font pas. Mais le premier aventurier venu se déclare parfois pirate sans faire de différence entre nos vrais ennemis, qui sont les rois et empereurs de ce monde et n'entendent pas partager leur domination, et les frères de la côte, qui fuient ce pouvoir pour vivre libres.

Cela signifiait que, tant que le vaisseau inconnu ne nous aurait pas manifesté clairement quelles étaient ses intentions, nous devions le considérer comme un ennemi. Cependant, il paraissait plus prudent de hisser notre propre pavillon. Je n'ai donc pas été étonné lorsque ma mère a donné l'ordre de le faire.

Le pirate barbadien était tout proche. Arrivant sur nous, il s'était légèrement écarté à bâbord, avait serré ses voiles, et il voguait à présent tout contre nous, à portée de voix. Les hommes, à bord, tous des Blancs, nous dévisageaient d'un air las. Je ne voyais nulle part trace de son capitaine.

En revanche, je pouvais maintenant lire son nom : *Vengeance*.

# 8

## ÉTRANGE RENCONTRE

Ma mère avait décidé de ne pas entamer la discussion. Elle ne voulait pas montrer sa faiblesse et, surtout, elle préférait laisser l'éventuel adversaire se dévoiler le premier.

Un navire de la taille de la *Louve de mer* était manifestement sous-équipé pour les observateurs du *Vengeance* — nos hommes étant, comme Rachel l'avait commandé, tous couchés sur le pont, prêts à jaillir, l'arme au poing, à son signal. Pour eux, nous devions avoir l'air bien intrigant.

— Ils doivent nous prendre pour une bande de forbans qui s'est emparée d'un gros bateau de commerce, a murmuré Le Moine.

— C'est-à-dire d'une prise facile, a commenté ma mère. Je ne suis pas certaine qu'il existe un code d'honneur chez les pirates. Pas chez tous, en tout cas. Celui-là me paraît étrange.

En effet, les marins que je pouvais apercevoir à bord ne ressemblaient guère aux boucaniers du capitaine Régalec. Ils étaient vêtus comme des matelots ordinaires, un peu plus dépenaillés peut-être, mais ils étaient plus ou moins rasés et il ne semblait pas qu'un déluge de sang leur soit tombé sur la tête le matin même. En revanche, ils paraissaient maigres et affaiblis. Ils nous regardaient avec avidité, mais ils avaient l'air indécis.

Le vent était presque tombé maintenant. Le pavillon noir flottait mollement sur les deux bateaux, qui couraient sur leur erre, presque bord contre bord. La mer était d'huile et le soleil, de plomb.

— Laissons-les se déclarer, a dit maman.

Le quartier-maître du *Vengeance* a fini par nous héler, en anglais. Il voulait savoir qui nous étions, d'où nous venions et ce que nous transportions. Maman hésitait à répondre, toujours méfiante. La dernière question donnait à croire que les hommes du *Vengeance* n'étaient pas animés des meilleures intentions à notre égard.

Le capitaine, pour sa part, n'avait toujours pas paru et j'avais l'impression que, s'il existait, son équipage n'en faisait pas grand cas. Était-il malade ou avait-il été destitué?

— Et vous-mêmes, qui êtes-vous? a alors lancé ma mère au quartier-maître. Qui est votre commandant? Est-il si laid qu'il n'ose pas se montrer?

Une fois encore, j'étais stupéfait par l'audace de ma mère, qui s'adressait aux pires forbans comme s'ils avaient été des enfants pris en faute. Touman, debout près d'elle, devait trouver cet aplomb de son goût, car il arborait un sourire carnassier.

Il y a eu du mouvement sur le *Vengeance*. La porte de la cabine sur la dunette s'est ouverte et un curieux bonhomme est apparu. Gros et rasé de près, vêtu d'un habit de drap noir et portant un chapeau de feutre qui lui donnait des allures de propriétaire terrien en visite chez ses fermiers, il s'est avancé lentement jusqu'au pavois.

Faisant face à ma mère, il a ôté son chapeau et l'a saluée en esquissant une courbette ridicule.

— Major Thomas, a-t-il prononcé d'une voix un peu grasse qui dénotait le bourgeois prospère. Pour vous servir.

— J'ai l'habitude de me servir moi-même, major, a rétorqué maman avec un sourire ironique.

Puis elle a rapidement glissé quelques mots à l'intention de Touman, qui s'est retourné vers nos hommes toujours allongés sur le pont. Sur un signe, tous se sont levés lentement, dévoilant leurs visages hirsutes et couturés de blessures, un sabre à la main et un coutelas dans l'autre. Le pont, brusquement, ressemblait à un porc-épic hérissant ses piquants.

Le major Thomas a ouvert de grands yeux et il a jeté un coup d'œil rapide vers son équipage. Il avait déjà perdu la partie, avant même d'avoir commencé à la jouer…

La seule attitude possible d'un capitaine envers un équipage pirate était le courage, la morgue et, dans une certaine mesure, la folie. Mais la seule folie de Thomas, c'était de se trouver à une place qui n'était pas la sienne.

— Ne vous méprenez pas, madame, a repris le major après avoir avalé sa salive. Mon intention était de vous acheter en bonne et due forme quelques provisions pour mon équipage, qui en a bien besoin.

— Est-ce pour cette raison que vous avez déployé votre pavillon noir ? a demandé ma mère d'un ton sarcastique.

— À première vue, vous aviez l'air de quelque Hollandais pansu et égoïste que je me serais fait un plaisir de délester du superflu. Mais entre gens de même condition, il va de soi qu'il en ira autrement. Je serais ravi de vous recevoir à mon bord.

L'invitation sentait le piège, mais le stratagème était tellement grossier que la réponse de maman ne faisait aucun doute : pour rien au monde elle n'irait se jeter dans la gueule du loup. Aussi ai-je été stupéfait de l'entendre répondre qu'elle acceptait avec plaisir l'offre du soi-disant major Thomas. Était-elle devenue folle ?

Sur la *Louve de mer*, il y a eu un certain flottement parmi les marins. Les Noirs, pour leur part, ne comprenant sans doute pas ce qui se passait, serraient leur coutelas dans la main et demeuraient sur leurs gardes.

Le vent était complètement tombé à présent et les bordages des deux navires immobiles se touchaient presque. Les équipages se faisaient face, nerveux, indécis.

Touman et Le Moine, en revanche, bien campés sur leurs jambes de chaque côté de ma mère, n'affichaient aucune émotion, si ce n'était la plus froide détermination.

Étant donné la position des bateaux, il était inutile de mettre un canot à la mer. Ma mère avait déjà empoigné un cordage et était prête à se hisser sur le plat-bord pour passer sur le *Vengeance*. Sur un signe de tête, Le Moine et Touman se sont préparés à la suivre.

— Le Moine, a-t-elle ordonné en se tournant vers lui, tu resteras ici et tu assureras notre protection depuis la *Louve*. Tiens-toi prêt à aborder si ça tourne mal. Gilles, a-t-elle ajouté à mon intention, tu m'accompagnes, ainsi que Touman.

J'ai avalé péniblement ma salive. Nous étions beaucoup plus nombreux que nos adversaires, ce qui aurait dû me rassurer, mais dans ce nombre ne figurait qu'une poignée de combattants aguerris. J'ignorais en effet quel genre de gens étaient nos passagers involontaires. Probablement des paysans ou des artisans. Des guerriers? Je n'en avais pas l'impression.

Cependant, je devais reconnaître que moi-même, trois jours avant d'égorger mon premier homme au cours d'un combat sanglant, je n'étais qu'un rat de bibliothèque inoffensif, incapable de tuer une souris. Je savais aussi que, dans le feu de l'action, les matamores pouvaient se muer en poltrons et les timides, en bêtes furieuses. Le rapport de forces entre les occupants des deux navires était donc on ne peut plus incertain et il pouvait changer du tout au tout en un instant sans que personne puisse le prévoir.

Je n'ai pas eu le temps de poursuivre mes réflexions. D'un bond, Rachel a sauté sur le *Vengeance*, aussitôt suivie par Touman et moi-même. Sur un geste de Le Moine, nos hommes se sont massés contre le bordage, armes au poing. Les Noirs ont suivi le mouvement, et leurs visages durs n'incitaient pas à la légèreté.

D'un pas vif, ma mère a rejoint la dunette du *Vengeance*. Nous lui avons emboîté le pas. Les marins se sont instinctivement écartés à notre passage et le major Thomas lui-même, raide dans son habit noir, a fait deux pas en arrière avant de lui décocher un sourire jaune et de lui tendre la main.

Je ne parvenais pas à déchiffrer l'attitude de l'étrange équipage du major. Ses marins nous jetaient des regards à la dérobée, et la concorde ne semblait pas régner parmi eux. Certains nous dévisageaient avec envie (avions-nous l'air si bien nourris?), d'autres, avec un mélange de haine et de mépris.

Le major Thomas nous a fait entrer dans sa cabine, où il nous a servi un vin très fort et très sucré. Nous avons alors appris que ses hommes et lui, en mer depuis trois mois, n'avaient pas fait une seule prise et que, depuis une semaine, comme il ne leur restait plus de provisions et presque plus d'eau douce, une atmosphère de mutinerie régnait à bord.

Les marins s'étaient réjouis en apercevant notre flûte alors qu'ils s'étaient résignés à rentrer à la Barbade — dont ils étaient presque tous originaires — et Thomas nous avait fait donner la chasse, ce qui avait redonné du cœur à l'équipage.

Mais, lorsque la proie s'était révélée être un prédateur, l'ambiance avait tourné au vinaigre. Les hommes étaient affamés et certains étaient partisans d'attaquer quand même, alors que d'autres souhaitaient user de moyens plus pacifiques pour obtenir une aide de la part de la *Louve de mer*.

Ensuite, ayant vu les forces dont nous disposions — et ignorant que les Noirs du bord étaient des esclaves libérés et non des pirates —, ils avaient compris qu'un abordage serait voué à l'échec.

Ma mère hochait la tête sans dire un mot tandis que le major Thomas continuait de parler et, plus le temps passait, plus le curieux bonhomme semblait perdre pied. Quel genre de pirate était-ce là ? J'aurais bien aimé le savoir.

Une autre question me paraissait toutefois plus importante. Quelle avait été l'intention de ma mère en acceptant l'invitation du capitaine ? Pensait-elle s'en faire un allié ? Je ne voyais pas quel avantage l'acoquinement avec un tel pantin pourrait nous apporter…

Au bout d'un moment, sans transition, maman s'est levée et elle a remercié le major pour sa «chaude hospitalité», puis elle a indiqué qu'elle devait rejoindre son bateau. Un éclair de panique a brillé dans les yeux du major.

— Ne... ne pourriez-vous nous céder quelques tonneaux de porc salé et de l'eau douce? a-t-il imploré. Mes hommes sont à bout, ils vont...

Il s'est tu un moment, puis il a repris à voix basse :

— Ils vont me pendre...

— Pourquoi ne rentrez-vous pas à la Barbade, major? a répliqué ma mère. Vous n'êtes manifestement pas un homme de mer et je crois que vous vous êtes fourvoyé dans une aventure qui vous dépasse. Aussitôt que le vent se sera levé, il vous faudra moins d'une journée pour en regagner la côte.

La lèvre du pitoyable individu s'est mise à trembler. Sans doute se voyait-il déjà découpé et salé pour servir de dîner à ses hommes à demi morts de faim...

— Cependant, a repris maman, je veux bien venir en aide à ceux de vos hommes qui le méritent. J'ai besoin de bons marins, qui n'ont ni froid aux yeux ni poil dans la main. J'accueillerai volontiers ceux qui voudront s'enrôler sur la *Louve de mer*.

Le major en est resté bouche bée. Incrédule, il a esquissé une sorte de grimace, mais l'expression autoritaire de ma mère et le sourire féroce que sa proposition avait fait naître sur le visage de Touman ne laissaient pas de place à l'incertitude.

Tous les capitaines de la marine marchande, Le Moine me l'avait expliqué à plusieurs reprises, craignaient les rencontres avec les pirates parce qu'ils risquaient d'y perdre non seulement les marchandises dont ils avaient la charge, mais aussi leurs matelots. Ceux-ci voyaient en effet dans la piraterie un moyen d'échapper enfin à leurs conditions de vie inhumaines et ils savaient que, même s'ils n'étaient pas assurés de manger tous les jours sur un vaisseau rebelle, au moins ils y seraient mieux traités.

Que des forbans passent d'un navire à l'autre, cela se faisait aussi, quoique dans des conditions différentes. Un équipage ou des marins mécontents de leur capitaine avaient la possibilité soit de le déposer, soit de changer de navire et de suivre un nouveau destin qui les séduisait davantage.

Dans ce genre de cas, les nouveaux venus étaient tenus d'accepter d'emblée les règles en vigueur sur le bateau d'accueil. Donc, si les matelots du major Thomas décidaient d'embarquer sur la *Louve de mer*, ce serait en connaissance de cause : leur capitaine serait une femme et la plupart de leurs compagnons des esclaves libérés dont ils ne connaissaient pas la langue.

Touman s'était levé, lui aussi. Je l'ai imité. Thomas avait l'air d'un naufragé. Lorsque nous sommes sortis sur la dunette, les matelots nous ont dévisagés avec une mine renfrognée. Peut-être leur semblait-il incroyable que les deux personnages qui se tenaient devant eux comme s'ils allaient soudain prendre en main leur destinée soient une femme et un Noir. Il n'y avait ni l'un ni l'autre sur le *Vengeance*…

Cependant, je ne ressentais aucune menace sérieuse de leur part. Leur allure était plus pitoyable qu'autre chose. Je me disais qu'un pirate, quand il a faim, ressemble davantage à un miséreux qu'à un forban.

Consciente de ce que, si elle voulait exercer son pouvoir, ma mère devait rester inaccessible, elle a laissé le soin à Touman de lancer sa proposition à l'équipage, comme si elle était quelque déesse qui ne pouvait s'adresser à la foule que par le moyen d'un prophète.

Quand Touman s'est exécuté, une rumeur s'est élevée parmi les marins, surpris et perplexes. Tout à coup, l'un d'eux s'est exclamé avec colère :

— Crois-tu que nous allons passer du bateau d'un bourgeois qui a le mal de mer à celui d'une duchesse de pacotille à qui il faudra servir le thé et des petits gâteaux ?

— Tu as de la chance de te trouver sur le navire d'un bourgeois, comme tu dis, a répliqué Touman. Restes-y donc, pour ta sécurité. Sur la *Louve de mer*, les forts en gueule ne servent que de figures de proue ou d'épouvantails à moineaux.

Un énorme éclat de rire a jailli de la flûte, où nos hommes avaient entendu cet échange. Ceux du *Vengeance* se sont tournés vers eux. L'aspect des boucaniers et des anciens captifs armés jusqu'aux dents, couverts de cicatrices et de balafres sanglantes, ne donnait guère à croire qu'on donnait sur la *Louve* des bals pour demoiselles ou des leçons de maintien pour jouvenceaux.

Le marin qui avait apostrophé Touman n'a rien répondu, mais un de ses camarades, un matelot maigre au visage cuit par le soleil dans lequel brillaient deux yeux noir de jais, a lancé à son tour :

— Je préfère suivre n'importe quelle duchesse, sans demander à voir son acte de naissance, pourvu qu'elle sache où elle veut aller et par quel chemin elle compte le faire.

Des murmures d'approbation ont parcouru l'assemblée des matelots. Certains hochaient la tête, d'autres haussaient les épaules, d'autres encore, les yeux allant de la dunette du *Vengeance* au pont de la *Louve de mer*, semblaient tenter d'évaluer leurs chances de pouvoir s'intégrer à un équipage aussi hétéroclite.

Maman, après avoir obtenu le silence d'un geste, s'est alors adressée à eux.

— Mon acte de naissance a disparu dans les geôles du roi de France, a-t-elle déclaré d'une voix forte. Je ne suis donc ni plus ni moins que vous. Où je vais? À la mort, puisque c'est là que nous nous retrouverons quoi qu'il arrive. Mais le chemin que j'ai choisi, pendant le temps qu'il me reste à vivre, est celui de la mer et de la liberté. Chacun, sur mon bateau, est libre de me suivre ou de débarquer. Mais sachez que je trancherai moi-même la gorge à quiconque tentera de m'imposer sa loi. Telle est la règle en vigueur à bord de la *Louve de mer*.

Un brouhaha s'est élevé, rapidement ponctué par des ovations de plus en plus nombreuses. Aucun pirate ne craignait la mort, tous savaient quel serait leur destin au moment même où ils posaient le pied sur le pont d'un navire battant pavillon noir. Il ne leur restait, ayant choisi de secouer leurs chaînes, que la possibilité de faire de leur existence une ultime explosion, un feu d'artifice grandiose qui, à lui seul, justifierait toutes les misères endurées pendant des années de servitude.

Avant la tombée de la nuit, une bonne quarantaine de marins du *Vengeance* avaient rejoint notre bord, où Le Moine les a enregistrés au même titre que les autres.

Les Noirs ont paru surpris, inquiets aussi, sans doute. Mais maman est allée trouver l'homme au visage ravagé qui semblait être, sinon leur chef, du moins leur guide dans ce monde nouveau pour eux, et elle s'est plantée devant lui. Puis, se faisant aider par Touman et par la vieille Mandingue, elle lui a confirmé que sa place à bord était la même que celle des autres.

J'ignore si l'homme l'a crue — Le Foll, à cause de son intolérable laideur, l'avait surnommé par dérision Gueule d'amour —, mais j'étais effrayé par la haine profonde qui enflammait son visage, comme si elle y avait été gravée à vif, y laissant ces cicatrices qui le défiguraient de façon hideuse.

Le problème était que je ne parvenais pas à distinguer contre qui cette haine était dirigée...

## 9

## LA TENSION MONTE

J'étais depuis plusieurs jours en butte aux moqueries de nos nouveaux compagnons. Ceux-ci, en effet, ne pratiquaient pas le matelotage et ils ne manquaient aucune occasion de railler la présence de Loïc dans mon hamac.

La plupart d'entre eux, pirates occasionnels ou petits voleurs de la Barbade, s'étaient embarqués avec le major Thomas lorsque celui-ci, au grand étonnement de son entourage, avait décidé de prendre la mer et de devenir forban.

Thomas, en effet, était un planteur retiré des affaires qui coulait des jours tranquilles dans le confort lorsque, pris d'une sorte de folie qui n'était pas sans me rappeler celle de Don Quichotte, dont j'avais lu les aventures, il s'était mis en tête de rééditer les exploits des flibustiers du genre de Morgan ou de l'Olonnois.

Malheureusement, le major ignorait tout de la mer et, s'il avait pu au début réaliser quelques prises peu spectaculaires (les navires marchands ayant surtout eu peur de son pavillon noir), il n'avait pas tardé à errer lamentablement jusqu'à ce que sa route croise la nôtre. Les matelots du *Vengeance* étaient de bons marins ; néanmoins, ils n'appartenaient pas à la confrérie des frères de la côte, dont ils ne partageaient pas les coutumes.

Ils n'osaient évidemment pas plaisanter ouvertement sur Touman et Le Foll, ou sur d'autres couples de boucaniers : même si les bagarres étaient interdites à bord de la *Louve de mer*, comme sur la plupart des bateaux pirates, les boucaniers ne se séparaient jamais de leur coutelas et ils étaient d'humeur chatouilleuse. Il ne faisait pas bon les exciter sur un tel sujet.

Loïc, lui, ne répondait jamais aux provocations. Il se contentait de baisser la tête, comme s'il avait voulu disparaître. Les boucaniers n'intervenaient pas dans ce genre de conflit. Pour eux, il appartenait à chacun de régler ses problèmes et, tant que la communauté dans son ensemble n'était pas en danger, ils pouvaient feindre la plus complète indifférence.

Pour ma part, je refusais de me plaindre et, comme les sarcasmes avaient toujours lieu loin des oreilles de Le Moine ou de ma mère, ils se poursuivaient en toute impunité. Même s'ils me faisaient bouillir de rage, je ne voulais pas être celui par qui la bagarre éclaterait sur le bateau.

D'autres raisons, en effet, me faisaient craindre une explosion de violence à bord. Alors que notre route se poursuivait vers le sud, la tension devenait de plus en plus nette entre la plupart des Barbadiens et les autres membres de l'équipage — sans parler de l'ostracisme dans lequel les premiers maintenaient, sans même s'en cacher, les anciens captifs.

Ce genre de situation était sans doute fréquent sur les navires, même chez les pirates. Le problème, à bord de la *Louve de mer*, était que les factions étaient inégales. Les Barbadiens étaient une quarantaine, les anciens marins de Régalec, une douzaine, plus les transfuges de l'*Elmina* et nous. Sans oublier, bien sûr, la communauté la plus nombreuse, celle des Africains.

Ces derniers, dont le nombre dépassait deux cent cinquante, sans compter les femmes et les enfants, représentaient une force qu'il était difficile d'évaluer. Comment réagiraient-ils en cas de conflit ?

Une centaine d'entre eux, sous la houlette de Gueule d'amour, étaient toujours armés des coutelas que nous leur avions fournis et constituaient probablement la formation de combat la plus redoutable à bord. Les autres, qui avaient choisi de rester neutres, pouvaient néanmoins passer dans un camp ou dans un autre à tout moment, selon ce qu'ils considéreraient être de leur intérêt.

Les Barbadiens leur témoignaient un mépris peu dissimulé. Les seuls Noirs qu'ils avaient connus étaient sans doute des esclaves des plantations de leur île ne comptant pour eux guère plus que des animaux. Avaient-ils pensé, en embarquant sur la *Louve de mer*, qu'ils allaient y trouver des serviteurs à moindres frais, ou avaient-ils été poussés par des motivations plus viles encore?

Curieusement, pourtant, ils s'abstenaient de tout signe dépréciatif envers Touman. Pourquoi cette différence de traitement? Parce que Touman était un boucanier, quelqu'un qui, dans le fond, leur ressemblait, alors que Gueule d'amour et les siens, dont nous ne connaissions ni la langue ni les coutumes, représentaient l'*autre* absolu, celui dont il faut se méfier?

Gueule d'amour, il est vrai, me faisait peur. Il ne manifestait pourtant aucune antipathie à mon endroit. Au contraire, même, il m'avait aidé dans mes tâches à quelques reprises, ce que les boucaniers ne faisaient jamais, considérant sans doute que j'étais là pour apprendre à me débrouiller seul. Mais son aspect me mettait terriblement mal à l'aise.

J'avais cru que son visage affreusement torturé lui venait des coutumes de sa tribu, vestige de marques sacrificielles, mais j'apprendrais par la suite que ces abominables blessures lui avaient été infligées lorsqu'il avait été vendu aux négriers de la côte, où Van Leuwen l'avait acheté à son tour.

Pour avoir tenté de tenir tête à un garde-chiourme qui l'avait frappé, on lui avait fait subir un long supplice, devant ses compagnons de malheur réunis, afin qu'il serve d'exemple à tous. Le résultat était effrayant. Tout le visage de Gueule d'amour n'était qu'une plaie mal cicatrisée, qui saignait parfois encore. Il ne devait d'avoir eu la vie sauve qu'au fait qu'il était grand et fort, et que son prix serait estimé en conséquence par les planteurs.

J'ignore si le respect que lui témoignaient ses semblables venait autant de la peur que de l'admiration, mais Gueule d'amour se tenait généralement seul, et un tout jeune homme, qui était peut-être son parent, transmettait sa parole aux autres. S'il agissait ainsi, ce n'était pas parce qu'il se croyait supérieur ou voulait agir comme une sorte de dieu vivant, ainsi que j'avais été tenté un moment de le penser, mais pour une raison douloureuse que je n'allais pas tarder à découvrir.

Ma mère se rendait bien compte de la situation et elle en était inquiète. Regrettait-elle d'avoir embarqué les marins du major Thomas ? Elle ne pouvait pas ignorer, en tout cas, les gestes de plus en plus déplacés que se permettaient certains marins du *Vengeance* à son égard.

J'ai été étonné, toutefois, lorsqu'elle m'a fait appeler pour que je la rejoigne dans sa cabine. Depuis combien de temps n'avais-je pas eu d'intimité avec ma mère ? Depuis combien de temps n'avions-nous pas eu une simple conversation comme au temps où nous vivions au manoir de Kergorieu ?

J'éprouvais l'impression douloureuse que, surtout depuis la disparition en mer de mon frère Nicolas, ma mère m'ignorait purement et simplement, comme si nos derniers liens familiaux s'étaient dissous à ce moment-là.

Aussi est-ce avec un certain malaise que je me suis rendu à la cabine de l'arrière. Loïc, selon ses instructions, m'accompagnait.

Le Moine et Touman étaient déjà là lorsque nous sommes entrés dans l'étroit habitacle. Maman nous a accueillis avec un sourire grave. Loïc, intimidé, restait derrière moi.

Le Moine a fait un bref résumé de la situation. Il nous a expliqué que l'attitude des Barbadiens, même si elle n'était pas acceptable, ne constituait pas un véritable danger parce que ces derniers demeuraient minoritaires — si l'on considérait l'ensemble de l'équipage — et que, de plus, ils n'étaient même pas d'accord entre eux.

L'inconnue, pour lui, venait des esclaves libérés. Le Moine ne craignait pas de leur part une révolte qui n'aurait pas eu de sens, et autant Touman que ma mère étaient d'accord avec lui. Mais il était, dans les circonstances actuelles, impossible, ou tout au moins extrêmement malaisé, de savoir ce que ces gens pensaient et quelle serait leur réaction en cas de mutinerie ou de combat contre un ennemi extérieur.

Malgré tout, ils se méfiaient de Rachel, de Le Moine et même de Touman. Pour eux, nous étions des étrangers venus de la mer, donc des monstres incompréhensibles, et, même si nous les avions libérés de leurs chaînes, ils ne pouvaient se défaire d'une profonde réserve à notre égard, ne sachant ce qui avait motivé notre action.

Gueule d'amour et les siens, armés, avaient apparemment rejoint notre combat, mais pour combien de temps ? Ne pouvaient-ils, selon les circonstances, se retourner contre nous ? Quant aux autres, qui pouvait prévoir dans quel camp ils allaient basculer lorsqu'ils en auraient assez de leur neutralité ? Du côté des plus forts ?

Les femmes, d'après ma mère, ne souhaitaient qu'une chose : retrouver la paix, un lieu sûr où elles pourraient renouer avec la vie. Plusieurs des hommes les suivraient, c'était certain, mais combien ? Et quelle voie choisiraient les autres, individus déracinés, bafoués, torturés, niés, pour qui l'espoir d'un retour chez les leurs était irrémédiablement mort ?

Il nous appartenait donc de les sonder, dans un premier temps, puis de gagner leur confiance. C'est là, a terminé Le Moine en me regardant, que je pouvais intervenir. Ma mère, alors, a pris le relais.

— Tu n'es pas sans avoir remarqué, Gilles, que l'homme au visage mutilé est assez bien disposé à ton égard. Peut-être se méfie-t-il moins de toi à cause de ta jeunesse. Peut-être aussi, t'ayant vu à deux reprises ligoté au mât pour y être fouetté, t'a-t-il placé d'emblée au rang des victimes, ce qui te rend proche de lui.

— Il devrait pourtant se sentir plus proche de Touman, ai-je objecté mollement.

— C'est ce que j'avais pensé, mais ce n'est pas le cas. N'oublie pas que ces gens, avant d'être embarqués par les négriers, ont été capturés et vendus par d'autres tribus voisines. La couleur de la peau, pour eux, n'est donc pas une garantie qu'on appartient au bon côté. En revanche, il t'a vu attaché, humilié et battu. Sur ce point, tu lui ressembles. Tu es donc probablement celui d'entre nous à qui il s'ouvrira avec le moins de réticences.

— Mais je ne comprends pas sa langue ! me suis-je écrié.

— Tu l'apprendras, a répliqué ma mère. Les langues doivent être un moyen de communication, pas une cause d'isolement. Avec l'aide de Touman et de Sogolon, tu peux y arriver.

Sogolon était cette vieille femme provenant du même peuple que Touman, les Mandingues. Elle avait raconté à maman, par l'intermédiaire de Touman, que l'homme que je ne connaissais que sous le sobriquet de Gueule d'amour n'était pas un simple villageois capturé lors d'une razzia, mais le chef d'une tribu de l'intérieur qui avait été vaincue par une autre au cours d'une guerre.

Il avait ensuite été vendu — ainsi que nombre de ses guerriers, dont quelques-uns se trouvaient à bord — aux négriers de la côte. Son véritable nom était Mongo. Ma mission, si l'on peut dire, consistait à « apprivoiser » Mongo et à le sonder pour connaître ses véritables intentions.

— Loïc pourra t'aider, je pense, a ajouté maman. Il inspire confiance et il se pourrait même qu'il apprenne plus vite que toi les rudiments de la langue de Mongo.

Cette dernière remarque m'a paru curieuse. Loïc n'était pas sot, loin de là, mais il ne m'avait jamais ébloui par des capacités extraordinaires à apprendre de nouvelles choses. Au contraire, il me semblait plutôt malhabile dans certains cas et les marins ne manquaient pas de le lui reprocher. D'où maman tirait-elle donc une pareille supposition ?

Je n'ai pas eu le temps de lui poser la question. Déjà Touman et Le Moine se levaient, l'entretien était terminé. Je me disposais donc à sortir à mon tour lorsque maman m'a demandé de rester. Je me suis retourné vers elle et Loïc, comme à son habitude, s'est placé derrière moi.

— Laisse-nous un instant, Loïc, a fait ma mère à mon grand étonnement. Mais ne t'éloigne pas. Gilles te rejoindra dans un instant.

Sa voix avait retrouvé une douceur que j'avais presque oubliée. Le mousse m'a regardé dans les yeux, l'air vaguement inquiet, puis il est sorti sur la dunette. Il a refermé la porte derrière lui et le silence est retombé dans la cabine.

— Gilles, a enfin murmuré maman d'une voix fatiguée. Je ne voudrais pas que tu t'imagines que je ne t'aime plus ou que je suis devenue aussi dure qu'une pierre. Depuis la mort de ton père, je vis dans un cauchemar dont je ne parviens pas à me réveiller. La disparition de Nicolas n'a fait qu'empirer les choses et, si je te parais solide, et même bravache, cette apparence n'est qu'une carapace qui m'empêche de m'effondrer. Si je m'étais laissée aller à la tendresse, je pense que je me serais écroulée. C'est pourquoi j'ai pu te paraître dure. Pourtant, au fond de moi, je suis brisée.

Elle s'est tue. J'ai eu l'impression qu'elle ne le faisait que pour éviter d'éclater en sanglots. J'étais bouleversé et je ne savais que lui répondre. De toute façon, comment pouvais-je lui en vouloir?

— Depuis des mois, a-t-elle enfin repris après un silence pénible, je ne vis que pour venger ton père. Mais je vois bien maintenant à quel point cette attitude est stérile. Il a fallu que je passe par là, sans doute, mais semer sans fin la destruction sur mon passage ne suffira pas à calmer ma douleur. Il y a autre chose à faire.

« Je m'en suis rendu compte en voyant tous ces gens embarqués par Van Leuwen sur les côtes d'Afrique. Chacun d'entre eux a sans doute perdu bien davantage que moi. J'ai au moins de mon côté un semblant de puissance et je suis capable de m'attaquer, même si c'est de façon dérisoire, à l'auteur de mon malheur. Mais à eux, on n'a rien laissé. Leur vie ne leur appartient même plus.

« J'ai enduré la honte de ma vie sur l'*Elmina*, en jouant la comédie à Van Leuwen. J'ignore s'il m'a réellement crue, et je me doute bien des pensées qui ont pu t'agiter lorsque tu m'as vue agir ainsi, mais je n'ai pas trouvé d'autre solution pour rester à la fois libre et en vie.

« Je suis fatiguée de jouer le rôle de la louve de mer, de la veuve sanglante. D'après ce que m'a raconté Régalec, il existe plus au sud de nombreuses communautés libres. Il en disparaît et s'en forme constamment de nouvelles, et les espaces vierges ne manquent pas.

« Ce n'est pas vers la guerre, une guerre sans fin, que je veux entraîner Mongo et les siens, mais vers une terre où ils n'auront de tribut à payer à personne. J'y demeurerai avec eux quelque temps. C'est cette nouvelle aventure que je te propose. »

Tous les doutes que j'avais pu avoir au sujet de ma mère sur l'*Elmina* ont disparu. Son projet restait quelque chose d'un peu abstrait pour moi, bien sûr, mais je ne voyais pas d'autre solution. L'Europe, ainsi que toute terre occupée par des Européens fidèles à leur roi, nous était désormais interdite. Quant à la piraterie, elle pouvait être un moyen, mais pas une fin en soi.

Le rôle qu'on me confiait, cette fois, pour difficile qu'il soit, était plus honorable pour moi que celui de tireur de sabre. Toutefois, il restait une inconnue de taille : comment allaient réagir les boucaniers et les pirates barbadiens à ce projet ? Je ne voyais pas ces hommes se retirer de la piraterie pour aller cultiver leur jardin et mener une vie probablement rudimentaire et profondément ennuyeuse sur une côte sauvage.

— Cette flûte ne les intéresse pas, a répondu maman en réponse à ma question. C'est un bateau trop lent et peu maniable, une vraie carcasse. Je pense qu'ils nous le laisseront volontiers. À condition de se voir offrir à la place un beau sloop comme celui du major Thomas…

— C'est un peu tard pour celui-là, ai-je fait remarquer.

— Sans doute, mais les occasions ne manqueront pas d'ici à notre arrivée en vue des Guyanes. Nous sommes assez nombreux à bord, à présent, pour en prendre un. Il suffira de l'approcher par ruse. Nous avons l'habitude, n'est-ce pas ?

J'ai souri, sans répondre. Maman n'a rien ajouté. Je me disposais à sortir pour rejoindre les autres lorsque maman m'a de nouveau retenu.

— Une dernière chose, Gilles, a-t-elle repris d'une voix grave. Ne quitte pas Loïc d'une semelle. Emmène-le partout avec toi et prends bien soin de lui.

Comme je la regardais avec étonnement, elle a précisé d'une voix curieusement voilée :

— Je t'expliquerai plus tard, mais tu comprendras peut-être toi-même avant cela.

# 10

## LE VRAI VISAGE DE MONGO

Lorsque je suis sorti de la cabine, j'ai retrouvé Loïc accroupi contre le bastingage, près de l'échelle descendant sur le pont, le menton posé sur ses bras repliés. Il était si frêle qu'on ne devait même pas le voir depuis le pont. Il a levé les yeux vers moi, ses yeux pâles qui reflétaient une telle détresse que je ne voyais pas comment l'aider.

Même si j'étais intrigué par la dernière phrase prononcée par ma mère, je me sentais rasséréné par la longue conversation que j'avais eue avec elle. Cependant, l'atmosphère tendue qui régnait sur le pont m'a semblé plus lourde encore qu'à l'accoutumée.

Juste sous la dunette, les Barbadiens étaient réunis autour de leur ancien quartier-maître, nommé Tucker. Ils échangeaient des propos à voix basse et jetaient des regards peu amènes, tant vers les Noirs massés vers le gaillard d'avant qu'en direction de Le Moine.

En m'apercevant près de l'échelle, ils se sont tus brusquement. Je n'aimais pas ça.

Tout cela respirait la conspiration et je pressentais des malheurs à venir.

J'avais du mal à penser, pourtant, que maman ait pu faire une erreur en les invitant à notre bord. Le recrutement des marins du *Vengeance* avait au contraire été une aubaine, pour ne pas dire une nécessité. La *Louve de mer* était un gros navire et, sans leur aide, elle était difficile à manœuvrer.

De plus, en cas d'attaque, nous étions bien évidemment trop peu nombreux pour nous défendre. Mais je commençais à me demander si les raisons qui avaient poussé les Barbadiens à passer à notre bord étaient aussi désintéressées qu'ils avaient voulu le laisser paraître au départ. Et je crois que je n'étais pas le seul…

Si Le Moine se faisait obéir sans trop de mal pour les manœuvres ordinaires, il n'était pas parvenu à disloquer le groupe récalcitrant. Il l'avait bien sûr divisé en deux pour l'établissement des quarts, ce qu'il n'était guère possible de contester, mais chaque groupe refusait de plus en plus de se mêler aux autres marins.

Les boucaniers ne s'en formalisaient pas, ils étaient peu sociaux en dehors de leur propre communauté, mais il n'était pas difficile de comprendre que, au sein des marins chevronnés, le groupe le plus puissant n'était plus le nôtre.

Je voyais venir le moment où les Barbadiens allaient refuser d'effectuer une manœuvre ou de changer de cap. Ce que je redoutais le plus, c'était que nous croisions une proie possible et que, à cette occasion, les passions ne se déchaînent.

Le Moine, avec qui j'en avais discuté, pensait au contraire que l'apparition d'un bateau provoquerait le retour de l'équipage à la cohésion autour d'un objectif commun. À condition, bien sûr, qu'il soit capable de lancer la *Louve de mer* dans une chasse pour laquelle elle n'avait pas été conçue.

J'ai soupiré, puis j'ai fait signe à Loïc et nous sommes redescendus sur le pont. Les Barbadiens nous ont suivis du regard, l'air mi-narquois, mi-haineux. Nous nous sommes rapidement éloignés en direction de Touman, qui se trouvait près du gaillard d'avant. La vieille Sogolon se tenait près de lui.

Loïc semblait avoir envie de me parler, mais je supposais qu'il voulait en savoir plus sur ce que ma mère m'avait dit en privé et je jugeais qu'il y avait plus important à faire pour le moment.

Je suis allé m'asseoir sur un cordage enroulé près du mât d'artimon. Mongo se tenait non loin de là, un peu à l'écart, immobile et silencieux, son coutelas posé en travers de ses jambes repliées. Son jeune «porte-parole» était assis près de lui.

J'étais perplexe. Comment l'aborder? Demander à Sogolon de me «présenter», comme si ce bateau avait été une société analogue à celle que j'avais vue disparaître dans l'incendie du manoir de Kergorieu? Je découvrais à quel point tout ce savoir-vivre, toute cette étiquette qui avait régi mon enfance n'avait plus de sens ici.

Touman et Sogolon, pourtant, semblaient attendre un signe de moi. Ils avaient été désignés comme intermédiaires, mais ils ne paraissaient pas disposés à prendre l'initiative. Peut-être étaient-ils aussi gênés que moi.

Je me suis brusquement rendu compte que les Barbadiens avaient les yeux fixés sur moi. Loïc, qui s'était assis près de moi sur le rouleau de cordage, s'est collé sur moi davantage, ce qui a provoqué des sourires mauvais de la part de ces derniers. J'ai senti la colère monter en moi. Loïc a alors approché sa bouche de mon oreille et il a murmuré:

— Gilles, méfie-toi d'eux.

— Il vaut mieux les traiter par le mépris, ai-je répondu. Ce sont des brutes...

— Ce n'est pas ce que je veux dire, a-t-il coupé. J'ai surpris des bribes de conversation entre eux pendant que tu étais avec ta mère. J'ai compris certains mots. Ils veulent s'emparer du bateau. Ils veulent...

Tucker, leur quartier-maître, lui a lancé un regard de haine, comme s'il avait lu sur les lèvres du mousse. Loïc s'est tu. Je le sentais trembler contre moi. J'ai passé mon bras derrière lui et j'ai posé la main sur son épaule.

— Ils ne sont pas assez nombreux, ai-je dit en essayant de mettre de la conviction dans cette affirmation à laquelle je n'osais croire moi-même.

Loïc, comme si la protection dérisoire de mon bras pouvait avoir la moindre efficacité, a repris dans un chuchotement :

— Ils ont le temps. Ils attendent leur heure, le moment propice. Ils nous prendront par surprise. Ce sont des bandits, pas des boucaniers. Et ils ont un butin colossal à portée de main. Ils ne le laisseront pas passer sous leur nez.

— De quel butin veux-tu parler ? La *Louve de mer* transporte à peine de quoi nourrir son équipage pour quelques semaines encore.

— Une fortune, Gilles. Ils veulent vendre les Noirs sur les côtes du Brésil. Après nous avoir massacrés. Ils attendent d'être arrivés là-bas parce qu'aucun d'entre eux ne serait capable de diriger le navire sans Le Moine.

J'étais atterré, sans pour autant être surpris. Ce bateau était une poudrière. Je n'osais plus regarder qui que ce soit directement dans les yeux. Ni les Barbadiens, dont j'avais peur qu'ils ne devinent que leurs manigances étaient éventées, ni les anciens captifs dont la misère me paraissait sans fin.

Je n'osais même pas foncer sur la dunette et me précipiter dans la cabine de ma mère pour l'avertir du danger. Il me semblait, en dépit de tout bon sens, que ce simple mouvement suffirait à mettre le feu aux poudres et à déclencher l'irréparable.

Le soir même, cependant, profitant d'un moment où je pouvais le voir loin des oreilles indiscrètes, près du gaillard d'avant, j'informais Le Moine de ce que j'avais appris de la bouche de Loïc. Mais, alors que je m'attendais à le voir blêmir — ou du moins manifester de l'inquiétude —, il s'est contenté de rire.

— Ces imbéciles sont si niais, m'a-t-il dit, que même si Loïc ne les avait pas entendus, leur secret n'aurait pas pu rester inconnu. Si la plupart de ces pirates d'opérette ne sont que des bandits sans foi ni loi, quelques-uns, parmi eux, ont choisi la carrière de la mer afin d'assouvir leur goût pour la liberté. Jamais ceux-là ne s'abaisseraient à vendre leurs semblables. Ils m'ont informé des intentions des autres.

« Comme tu le sais, cependant, ils ne peuvent rien tenter tant que nous ne serons pas en vue des côtes brésiliennes ou guyanaises. Ils sont bons matelots mais ignorent la navigation, tout comme le major Thomas. Mais le second de Thomas, qui est son capitaine dans les faits, est resté à bord du *Vengeance*. Ces forbans sont donc contraints de ronger leur frein. Cela nous donne l'avantage.

— Mais ils sont plus nombreux que nous, ai-je objecté.

— Ne comptes-tu donc pour rien Mongo et les siens?

— Non, bien sûr, mais ma mère dit elle-même que nous ne savons rien des intentions véritables de Mongo.

— Nous ne savons rien de ce qu'il décidera une fois à terre, a fait Le Moine. Sur la *Louve de mer*, cependant, il sait que son destin est lié au nôtre. Lui non plus ne sait pas naviguer. Et, même s'il se méfie de nous, il se méfie encore plus des Barbadiens. Il n'est pas idiot. Il a compris ce que signifient leurs regards.

123

— Tu penses donc que nous contrôlons la situation?

— Nous ne contrôlons rien du tout, Gilles, a répliqué Le Moine avec un sourire amer. Nous ne savons jamais quelles rencontres nous pouvons faire sur ces mers où ne règnent que des bandits officiels armés de commissions royales et des bandits d'honneur armés de leur seul courage et de leur seule folie. Nous devons nous tenir prêts à toute éventualité.

J'ai secoué la tête, me demandant si nous pourrions un jour vivre en paix.

— En attendant, a ajouté Le Moine, je te suggère de te rapprocher de Mongo sans tarder. Il risque d'être un des acteurs essentiels de cette aventure au cours des semaines qui viennent.

Le Moine ne croyait pas si bien dire. Non seulement Mongo allait se révéler un homme efficace et redoutable, mais il allait me causer une surprise incroyable.

Un peu plus tard, alors que le bateau filait doucement dans l'ombre sur une mer lisse, porté par une brise légère, Touman m'a apporté une pommade grasse et odorante que ma mère avait découverte dans le coffre du capitaine Van Leuwen et qu'elle lui avait demandé de me remettre. Il s'agissait, selon elle, d'un baume aidant à la cicatrisation des blessures.

— Cet onguent pourrait calmer les plaies de Mongo, a-t-il dit. Porte-le-lui et fais-en bon usage.

— Vas-tu m'accompagner ? Et Sogolon ?

— Une des femmes et son enfant sont malades et Sogolon doit rester près d'elles, a répliqué Touman. Quant à moi, je ne te serai d'aucune utilité, au contraire. Je crois que tu te débrouilleras très bien tout seul. Et puis, les gestes sont moins menteurs que les paroles.

Décontenancé, j'ai pris le petit pot de terre que me tendait Touman et je suis resté là, immobile, tandis que ce dernier s'éloignait à pas vifs pour rejoindre l'homme de barre. J'ai senti une main légère se poser sur mon épaule. C'était Loïc.

— Viens, m'a-t-il dit d'une voix douce. Je vais t'aider.

Je suis redescendu sur terre, un peu honteux. J'étais censé protéger Loïc, prendre soin de lui, et c'était lui qui, à présent, me prenait par la main pour me conduire auprès de Mongo.

Le pont n'était éclairé que par la lumière de la lune. La plupart des Noirs étaient redescendus pour la nuit dans l'entrepont

— où ils n'étaient plus enchaînés — et seuls demeuraient à l'air libre quelques hommes qui se tenaient comme des ombres autour de Mongo.

Mongo était accroupi, adossé au mât d'artimon. Aussi immobile qu'une statue, les yeux clos, il respirait calmement l'air de la nuit, son coutelas posé sur les genoux. Il avait presque l'air de dormir. Pourtant, de temps en temps, son visage était agité d'un tremblement vite réprimé. La grimace qui s'ensuivait, même si elle se noyait dans ses traits dévastés, exprimait cependant une douleur intolérable.

Je me suis accroupi près de lui, sans un mot, et Loïc a fait de même. Mongo n'a pas bougé. Son jeune compagnon nous a dévisagés d'un air dur. Il a posé sa main sur le manche de son coutelas. Mais Mongo, d'un geste presque imperceptible de la main, lui a fait signe de se calmer.

Loïc a alors pris le pot de mes mains et, tout en prononçant à voix basse des mots réconfortants — même s'ils étaient inutiles —, il a trempé ses doigts dans l'onguent et a commencé, avec des gestes d'une extrême douceur, à l'appliquer sur le visage défiguré de Mongo.

Celui-ci a tressailli, mais il n'a pas fait un mouvement pour se soustraire au traitement. Le contact des doigts de Loïc sur ses blessures devait pourtant le brûler, mais je suppose que le baume calmait aussitôt la douleur, car il a continué de se laisser faire.

Les hommes, tout autour, regardaient sans un mot. Loïc avait cessé de parler, mais il chantonnait maintenant à mi-voix une sorte de berceuse qui aurait pu paraître déplacée dans une telle circonstance mais qui, au contraire, baignait la scène d'une douceur inattendue.

Lorsque le mousse a eu terminé sa tâche, il a pris la main de Mongo et l'a serrée un instant dans la sienne. Alors, l'homme au visage de cauchemar a remué les lèvres et, au milieu d'une sorte de grognement mouillé et chuintant, il a péniblement articulé : « Merci. »

J'ai sursauté. Le mot avait à peine été audible, mais il était indiscutable. Mongo avait remercié Loïc dans notre langue ! Comment était-ce possible ?

Puis je me suis repris et je me suis dit qu'il avait dû l'apprendre en écoutant Touman lorsque celui-ci l'avait interrogé par le truchement de Sogolon. Un mot saisi au hasard…

Cependant, je n'étais pas au bout de mes surprises.

Mongo m'a fait signe de m'approcher davantage. Mon visage s'est trouvé tout près du sien. Le baume encore frais sur ses blessures lui faisait comme un masque de tragédie luisant sous la lune. Mongo s'est alors penché légèrement et, plaçant sa bouche près de mon oreille, il a prononcé avec peine, toujours au milieu de cet étrange et pénible gloussement qui paraissait le faire souffrir, cette phrase dans un français haché et presque incompréhensible :

— Prenez garde, à ces chiens, ce sont des négriers. Mais vous m'avez aidé, et je vous aiderai.

Je n'en revenais pas. Ainsi, Mongo parlait notre langue. Où et comment l'avait-il apprise ? D'après Sogolon, il était le chef d'une tribu vaincue et il avait donc exercé un certain pouvoir autrefois, mais cela n'expliquait rien. Et cette élocution chuintante, entrecoupée de gargouillis indistincts, comme s'il déglutissait tout en parlant... Il n'y avait là rien de naturel.

Loïc n'était sans doute pas moins étonné que moi mais, au lieu de se perdre en conjectures sur le pourquoi et le comment, il a semblé comprendre quelque chose qui m'avait échappé et, posant doucement sa main sur la bouche de Mongo, il a murmuré :

— Ne dites rien. Prenez votre temps.

L'homme défiguré a légèrement hoché la tête, puis il a soupiré et s'est redressé, silencieux.

— Sa langue a été à moitié coupée, a chuchoté Loïc. Parler lui fait mal. Nous devrions le laisser tranquille.

— Mais il a tant de choses à nous dire ! me suis-je écrié.

— Gilles, s'il te plaît…

J'ai haussé les épaules. C'était comme si le jeune mousse, ayant trouvé plus pitoyable que lui, se retrouvait grandi et investi d'une mission protectrice alors qu'il n'avait jamais été auparavant qu'une victime à plaindre et à consoler.

Mongo, cependant, a eu comme une sorte de rictus qui pouvait passer pour un sourire sur sa face ravagée. De nouveau, il nous a fait signe de nous rapprocher de lui.

— Je peux parler sans douleur, a-t-il murmuré d'une façon à peine audible. Mais je ne peux pas le faire à voix haute, sinon je ne peux plus me faire comprendre. C'est pourquoi j'ai recours à mon fils, Labou.

Le jeune homme, entendant son nom, a incliné la tête. Lui aussi comprenait notre langue et, si son père et lui l'avaient dissimulé jusque-là, c'était parce que ce savoir pouvait constituer une arme qu'il convenait de garder secrète le plus longtemps possible.

Comme la mutilation de Mongo rendait son élocution difficile, c'est Labou qui nous a raconté, sur son ordre, leur étrange odyssée. Toute une partie de la nuit, nous avons écouté ce récit effectué dans une langue riche et un peu désuète qui paraissait parfois incongrue dans la bouche du narrateur.

Mongo et Labou avaient perdu leur liberté, nous le savions, dans une guerre contre un peuple voisin. S'ils avaient été traités avec rudesse par les vainqueurs, cela n'avait rien été en comparaison des sévices que leur avaient infligés les négriers de la côte à qui ils avaient été vendus. Ce sont ces derniers qui, alors que Mongo se montrait rebelle, l'avaient défiguré et lui avaient coupé la langue pour fournir un exemple.

Effectivement, la rébellion avait été étouffée dans l'œuf et Labou, qui brûlait de venger son père, avait dû apprendre la patience, espérant qu'un jour l'occasion se présenterait de prendre sa revanche.

Le plus curieux de l'aventure, cependant, était l'épisode qui expliquait comment Labou et son père avaient appris notre langue avec

ce style si vieillot. Bien des années auparavant, lors d'un combat de représailles contre
une tribu proche de la côte de Guinée — une
de ces tribus qui approvisionnaient les négriers
européens en esclaves —, Mongo avait capturé un curieux bonhomme qui avait tenté
de s'enfuir du village attaqué.

Il s'agissait d'un Blanc, un pasteur hugue-
not nommé Caracol, originaire de La Rochelle.
Venu en mission d'évangélisation sur les
côtes de Guinée, il avait été outré par les
pratiques des négriers et s'était mis en tête
de les combattre. Il avait bien entendu été
mis au ban de la société des marchands des
comptoirs et il avait alors tenté de poursuivre
son combat ailleurs et de pousser à la rébellion des tribus de l'intérieur.

Il avait été capturé et emprisonné par
une peuplade ennemie de celle de Mongo et
n'avait dû sa vie qu'au fait qu'il pourrait
éventuellement servir un jour de monnaie
d'échange entre ses geôliers et les négociants
de la côte.

Libéré par Mongo lors de la prise du
village où il se trouvait, il avait suivi celui-ci
qui, sans l'enfermer ni le maltraiter, l'empê-
chait néanmoins de revenir parmi les siens.
Caracol, déjà âgé et assez malade, avait alors

décidé d'apprendre la langue de ses hôtes et de leur apprendre la sienne.

Son meilleur élève avait été Mongo, pour qui la maîtrise de la langue d'un des peuples qui tentaient d'asservir son pays pouvait se révéler un atout. Il l'avait également enseignée à Labou, alors tout jeune, et qui avait appris très vite.

La langue française n'était pas la seule chose qu'ils avaient apprise de Caracol. L'ancien pasteur, en rupture complète avec les idées de son ancien monde qui l'avait profondément déçu, s'était mis à prêcher une doctrine qui lui aurait certainement valu la prison, sinon la mort, dans son pays d'origine.

Il professait ainsi que tous les hommes étaient égaux et que nul n'avait le droit de posséder davantage que les autres, que nul n'avait le droit de prendre la vie d'un autre (sauf pour se défendre) ni de se l'approprier. Mongo, trouvant ces idées inoffensives, l'avait laissé vaticiner à sa guise.

Finalement, Caracol avait été tué dans un des combats de cette guerre interne qui avait coûté la liberté à Mongo et à la plupart de ses guerriers.

Ceux-ci avaient par la suite été disséminés, car les négriers prenaient toujours bien soin, pour leur propre sécurité, de n'embarquer que des «cargaisons» incapables de s'unir, ne serait-ce qu'à cause de l'absence d'un langage commun.

Cependant, parmi les passagers de la *Louve de mer* se trouvait encore une dizaine de ses anciens guerriers. Ceux-ci, et plusieurs autres avec qui il avait pu nouer des contacts, assisteraient la «femme de fer», ainsi qu'ils appelaient ma mère.

Mongo me demandait simplement de ne pas révéler à d'autres qu'à elle ce que nous venions d'apprendre.

# 11

## LA TRAHISON

Deux semaines encore ont passé, et l'atmosphère à bord de la *Louve de mer* ne s'améliorait pas. À tout moment les frictions entre Barbadiens et boucaniers menaçaient de dégénérer en bagarre et Le Moine ou Touman devaient déployer des trésors de diplomatie pour éviter l'explosion.

Les Noirs, pour leur part, demeuraient à l'écart, apparemment indifférents à la vie du bateau. Mongo se tenait toujours au même endroit, près du mât d'artimon, immobile et silencieux, mais je savais qu'il ne perdait rien de ce qui se tramait sous ses yeux.

Et puis, le moment que je redoutais depuis longtemps est arrivé. L'homme de vigie a signalé une voile à bâbord avant. Comme à l'habitude, une certaine effervescence s'est emparée de l'équipage, mélange d'inquiétude et d'excitation.

Le navire qui venait d'apparaître à l'horizon semblait être un piètre marcheur. Il courait vent arrière mais de façon tout à fait désordonnée, faisant parfois des embardées alors que la mer était relativement calme. Curieusement, il ne naviguait pas avec toute sa toile.

S'il ne modifiait pas sa route, cependant, il allait bientôt croiser la nôtre. Maman est apparue sur la dunette, armée d'une lunette d'approche. Elle l'a longuement observé, tout en discutant à voix basse avec Le Moine. Puis, rengainant la lunette, elle a ordonné de hisser le pavillon hollandais.

Le vaisseau se rapprochait assez lentement. Il s'agissait d'un brick battant pavillon espagnol et armé d'une vingtaine de canons. Il me semblait puissant, mais je me demandais pourquoi il affectait cette course erratique alors que la mer était bonne. Casse-Pipe, près de moi, fronçait les sourcils.

— C'est étrange, a-t-il murmuré. On dirait qu'il n'y a pas d'équipage à bord.

J'avais entendu parler, dans les récits des marins, de ces bateaux sans équipage qui dérivaient dans les mers peu fréquentées et où l'on retrouvait même parfois, après être monté à bord, des tasses de thé fumantes dans la cabine du capitaine alors que le navire était totalement désert. Mais cela ne m'avait semblé rien d'autre que des légendes destinées à agrémenter les longues soirées d'ennui en mer. La chose était-elle néanmoins possible ?

Les Barbadiens, de leur côté, étaient particulièrement agités. D'après eux, l'Espagnol, venant de l'est, transportait probablement du vin ou des armes et il ferait une prise facile et rentable. C'était en tout cas ce que prétendait Tucker à qui voulait l'entendre.

Je suis allé rejoindre ma mère et Le Moine sur la dunette. L'étrange navire, dont les voiles étaient mal établies et la barre, inopérante, n'opposerait sans doute aucune résistance. C'était du moins ce qu'on pouvait penser de prime abord, mais ce n'était pas l'avis de Le Moine.

— Il s'agit peut-être d'un piège, disait-il. Ce genre de ruse est fréquent. Les pirates arborent un pavillon neutre — c'est d'ailleurs ce que nous venons de faire — et ils feignent les difficultés pour attirer leur proie avant de l'immobiliser avec des grappins.

— Nous sommes plus nombreux qu'eux, a répondu maman. D'autant plus que Mongo est avec nous. Et puis nous aurons peut-être ainsi l'occasion de nous débarrasser de ces Barbadiens que j'ai commis l'erreur d'embarquer avec nous. Nous pourrons peut-être les remplacer par quelques marins de ce brick.

— C'est risqué, Rachel. Nous avons eu de la chance avec les hommes de Régalec. C'était peut-être exceptionnel, et…

— Tu vieillis, Le Moine, a rétorqué maman avec un sourire ironique. Tu vois le risque partout à présent. Mais peux-tu m'indiquer ce qui n'est pas risqué dans notre situation ?

— Je n'ai pas dit que je reculais, s'est défendu Le Moine. Mais on surmonte mieux le risque en le reconnaissant qu'en l'ignorant. C'est tout ce que je voulais dire.

— Ne sois pas vexé. Je vieillis aussi, de toute façon. Cette erreur avec les Barbadiens…

— L'erreur n'a rien à voir avec l'âge, Rachel. Le monde des forbans est mal défini, on ne sait jamais à qui on a affaire. Il est vrai que nos passagers représentent une fortune qui pourrait tenter n'importe qui. Tu as eu raison de les armer, en fin de compte, puisqu'il semble qu'ils soient de notre côté. Pour l'instant, en tout cas…

— C'était le seul moyen, j'en suis toujours persuadée. Mais pour le moment, il s'agit de se tenir prêt. Ce curieux bateau ne me dit rien qui vaille. Il regorge peut-être de pirates dissimulés dans l'entrepont ou derrière les lisses, mais je crains quelque chose de pire encore…

Elle n'a pas précisé ce qu'elle entendait par là, mais Le Moine lui a jeté un regard alarmé, comme s'il avait compris à quoi elle faisait allusion. De nouveau, j'ai tourné mes yeux vers l'étrange vaisseau.

Il avançait lentement, comme s'il dérivait au gré des caprices du vent au lieu d'obéir à l'homme de barre. Un navire de ce genre était pourtant infiniment plus maniable que notre flûte.

Un des boucaniers, qui s'était perché dans les haubans, a soudain crié :

— Personne ne tient la barre sur ce brick ! Et personne sur le pont.

— Des cadavres ? a demandé Le Moine.

Le mot a jeté un froid parmi les marins. Les cadavres sont la dernière chose qu'on souhaite voir sur un navire. Non seulement ils sont dangereux, à cause de la pestilence et des maladies qu'ils peuvent véhiculer, mais les marins croient qu'ils peuvent susciter la colère de la mer si on ne lui donne pas le corps d'un défunt qu'elle considère comme son dû.

Si la dépouille d'un mort n'est pas lancée à l'eau, la mer n'aura de cesse de la récupérer, même si elle doit pour cela provoquer une tempête et le naufrage du navire. Pour cette raison, les matelots, qui pensent qu'elle suffit à attirer la déveine sur leur bateau, évitent même la seule prononciation du mot « cadavre ».

La présence de cadavres, par ailleurs, ne pouvait signifier qu'une chose : une maladie avait décimé l'équipage. La peste, avec ses immondes symptômes, ses bubons, ses écoulements sanieux et sa vitesse de propagation, était particulièrement crainte de tous les marins du monde. L'équipage était donc suspendu aux lèvres de l'homme grimpé dans les haubans.

— Non, a finalement laissé tomber celui-ci. Personne. Ni mort ni vif.

Si la nouvelle pouvait passer pour réconfortante — une épidémie n'étant pas à craindre —, elle n'en augmentait pas moins le mystère de la situation. Qu'avait-il pu arriver à ce bateau pour qu'il se retrouve ainsi, sans avarie apparente, dérivant sur cette mer calme et bleue ?

Après en avoir brièvement discuté avec Le Moine, ma mère a ordonné qu'on approche l'étrange navire au plus près. Elle a également fait préparer les grappins.

Les hommes se sont mis à l'œuvre sans trop d'entrain. Comme il fallait s'en douter, le bateau fantôme ne suscitait guère d'enthousiasme. Cependant, j'ai remarqué que les Barbadiens y mettaient davantage de cœur. Ils n'étaient pas plus courageux que les autres — les boucaniers étaient sans conteste les hommes les plus rudes de la région —, mais ils devaient avoir un intérêt particulier dans la prise du brick, ce qui n'était pas le cas des autres qui s'attendaient à aborder une carcasse vide ou porteuse d'infections.

La brise était douce et les manœuvres, lentes et aisées. Peu de temps a suffi pour que la *Louve de mer* vienne se placer le long du brick déserté. Nous avons serré les voiles et, sur un ordre de Le Moine, les hommes ont lancé les grappins et arrimé notre bateau au brick.

Jamais je n'avais vu un abordage aussi mou. Les boucaniers, sabre entre les dents et hache dans une main, se sont hissés sur le bastingage et ont sauté sur le pont du brick. Déterminés mais silencieux, ils se sont mis à parcourir le pont, bientôt rejoints par les Barbadiens.

Les hommes de Mongo, de leur côté, n'avaient pas bougé — même s'ils avaient empoigné leurs armes, prêts à toute éventualité. Pour ma part, j'avais suivi Touman, qui avait mené l'étrange abordage. À part les

Africains, seuls maman, Loïc, Le Moine et une poignée d'hommes se trouvaient encore sur la *Louve*.

Le pont était bel et bien désert, mais il ne montrait aucune trace de lutte, aucun vestige d'une quelconque catastrophe. Pas de sang, pas le moindre débris. Le pont était aussi propre que si le navire venait de sortir de son port d'attache. Le bois des membrures craquait doucement et les voiles faseyaient contre les mâts.

Les hommes de la *Louve* étaient perplexes. Aucun n'osait prendre la parole et tous erraient lentement, les poings serrés sur leurs armes, le regard inquiet, comme s'ils s'attendaient à ce qu'un ennemi inconnu jaillisse soudain par une des écoutilles ou surgisse de nulle part par le côté opposé.

C'est Tucker, l'ancien quartier-maître du *Vengeance*, qui a le premier laissé éclater sa nervosité.

— Ce bateau est maudit, a-t-il grommelé. Incendions-le et fichons le camp.

À peine avait-il prononcé ces mots qu'un gémissement se faisait entendre. Une longue plainte monotone et douloureuse, faible mais parfaitement audible dans le silence qui régnait sur le pont, et qui montait de la cale.

Les hommes se sont figés. Ces forbans toujours prêts à risquer leur vie pour aborder un navire à un contre dix semblaient paralysés par ce son insolite venu du ventre du navire. Que se passait-il? Touman s'est ressaisi le premier.

— Il y a quelqu'un là-dedans, a-t-il grogné.

Puis, sans attendre, il s'est avancé vers l'écoutille d'où provenait le bruit et il l'a ouverte. Le Foll s'est approché à son tour et les deux hommes se sont penchés sur l'ouverture béante. Touman a crié:

— Qui est là?

Le gémissement a cessé aussitôt. D'autres hommes se sont approchés de l'écoutille. Un des boucaniers, qui répondait au nom de Lafleur — lequel lui avait sans doute été donné par dérision, vu la grande laideur dont il était affligé — et qui parlait espagnol, a lancé à son tour dans le trou sombre:

— ¿ Quién vive?

Le silence est retombé, puis une voix éraillée et tremblotante s'est élevée de l'entrepont. Une voix d'homme. Celui-ci, manifestement malade, s'exprimait en espagnol. J'ignore ce qu'il a dit, mais le boucanier qui l'avait apostrophé a enjambé le rebord de l'écoutille et a entrepris de descendre l'échelle. Touman l'a suivi et je suis demeuré sur le pont avec Le Foll et les autres.

Touman et son compagnon sont restés un long moment dans l'entrepont. J'ai entendu des exclamations étouffées et des jurons. Lorsqu'ils sont enfin remontés, chacun d'eux transportait sur son dos un corps inerte, qu'il a déposé précautionneusement sur le pont.

Instinctivement, nous avons fait le cercle autour d'eux. Les deux matelots espagnols ne paraissaient pas blessés, mais ils étaient d'une maigreur effrayante, leur teint était jaune et ils avaient la bouche complètement édentée.

— Écartez-vous! a fait Lafleur avec humeur. Ils ne sont pas encore morts, laissez-les respirer.

— Le Foll, a ajouté Touman, va prendre des fruits sur la *Louve*, c'est tout ce dont ils ont besoin.

Le Foll s'est immédiatement exécuté sans poser de questions. J'ai aussitôt compris de quoi souffraient ces malheureux. Le scorbut. Cette plaie de la mer qui s'attaque aux marins qui ont trop longtemps manqué d'aliments frais.

— Il y en a cinq autres dans l'entrepont, a déclaré Touman. Il faut les remonter.

Une demi-douzaine de boucaniers se sont précipités dans l'écoutille. Les Barbadiens, regroupés autour de Tucker, n'ont pas bougé. Ils formaient un groupe compact en comparaison duquel Touman, Lafleur et moi semblions complètement écrasés. Touman et Lafleur s'étaient agenouillés auprès des marins malades et, courbés vers eux, ils ne voyaient pas les visages fermés et menaçants des marins du *Vengeance*.

Brusquement, je me suis senti mal à l'aise, comme pris au piège. Je me suis retourné vers la *Louve*, dont Le Foll venait de franchir le bastingage, transmettant à ma mère la demande de Touman. Nous étions isolés au milieu du groupe hostile et supérieur en nombre.

Tucker et ses hommes avaient-ils élaboré un plan précis avant même de monter à bord du brick espagnol, ou bien ont-ils improvisé en profitant de l'occasion qui se présentait, je ne l'ai jamais su. Toujours est-il que, sur un signal de leur quartier-maître, les Barbadiens se ruaient sur nous, me saisissaient à bras-le-corps, me désarmaient et, en moins de temps qu'il n'en faut pour le dire, réduisaient à l'impuissance Touman et Lafleur, qui n'avaient rien vu venir.

Ses acolytes m'ont remis à Tucker, qui m'a immobilisé en me tordant les bras et en me mettant son couteau sous la gorge. Mes deux compagnons se trouvaient allongés sur le pont, la lame d'un sabre appuyée sur la nuque.

Tucker a ordonné de refermer l'écoutille, sur laquelle ses hommes ont déposé un tonneau plein d'eau qu'ils ont rapidement fait rouler sur le pont depuis le gaillard d'avant. Les boucaniers étaient prisonniers dans l'entrepont !

Sur la *Louve de mer*, on avait à peine eu le temps de réagir. Ma mère a poussé un hurlement de rage en sortant son pistolet de sa ceinture et Le Moine se préparait à se jeter à mon secours avec elle lorsque Tucker leur a crié :

— Un pas de plus et je lui tranche la gorge !

Ils se sont arrêtés net.

— La farce a assez duré, a repris Tucker. Si vous voulez retrouver ce garçon vivant, faites désarmer vos nègres, embarquez dans une chaloupe et quittez le navire.

— Tu n'es qu'un imbécile, Tucker, a crié Le Moine en faisant un pas vers le bastingage. Si tu fais ça, tu n'auras même pas le temps de faire sécher ta lame que je t'aurai déjà embroché comme un poulet.

— Tu oublies que nous sommes plus nombreux que vous et mieux armés, Le Moine. Ces crétins de boucaniers ont eu la délicatesse de nous laisser leurs armes. Tu seras criblé de trous avant d'avoir mis le pied sur ce bateau.

Effectivement, les boucaniers avaient déposé leurs fusils à pierre avant de descendre dans l'entrepont pour chercher les marins agonisants. Les Barbadiens s'en étaient saisis et ils les pointaient à présent sur Le Moine et sur ma mère.

Tout était perdu. La rage au cœur, maman a fait signe à Le Moine de déposer son arme. Elle-même, avec lenteur, a déposé son pistolet sur le pont.

# 12

## CARNAGE

Maman et Le Moine se tenaient debout, sans armes, raides dans leur désarroi. Ils venaient de renoncer à tout, en un instant, dans le simple espoir de me garder en vie.

Et pourtant, quelle garantie Tucker pouvait-il leur offrir qu'il allait vraiment tenir parole après avoir pris possession de la *Louve de mer* et de sa «cargaison»? Je ne parvenais pas à y croire. Il n'avait d'ailleurs aucun intérêt à le faire. Mon sort était arrêté. Alors, si je devais mourir de toute façon, pourquoi ne pas sauver ce qui pouvait encore l'être?

Le don de ma vie pourrait en épargner beaucoup d'autres. Mongo allait peut-être réagir et envoyer ses hommes à l'abordage du brick. Le Moine et ma mère ramasseraient leurs armes et, si Tucker me tranchait la gorge, maman le lui ferait payer avec toute la violence dont elle était capable. Je n'avais qu'à l'avertir de ma décision.

Rassemblant toutes mes forces, j'ai secoué l'étreinte de Tucker et je me suis écrié en français:

— Ne l'écoutez pas, il ne tiendra pas sa promesse et…

Un coup violent à la tempe m'a interrompu, puis Tucker m'a mis la main sur la bouche. Un de ses hommes s'est aussitôt avancé pour me ligoter les poignets dans le dos. Le Moine a esquissé un mouvement, mais le couteau de Tucker a repris sa place sous ma gorge et les fusils à pierre se sont braqués sur mes compagnons.

— Pas un geste! a crié Tucker avec nervosité. Faites désarmer vos nègres et prenez la chaloupe. Je libérerai votre fils une fois que vous aurez embarqué et que les nègres seront de nouveau enchaînés.

Les Africains, pendant tout ce temps, n'avaient pas fait un geste — surtout pas celui de déposer leurs coutelas et leurs haches. Mongo se tenait debout entre le grand mât et celui d'artimon, Labou à ses côtés. Autour d'eux, leurs compagnons, silencieux, formaient un mur hérissé de lames.

Je sentais que Tucker, malgré son air bravache, n'était pas certain de contrôler la situation. Si ma mère était prête à tout abandonner pour me sauver la vie — ce sur quoi il avait tablé —, Mongo n'avait aucune raison de le faire. Et la détermination qu'on pouvait lire dans son regard et dans celui de ses frères n'était pas pour inspirer confiance à Tucker. Maman l'a certainement remarqué.

— Ils ne m'obéiront pas, a-t-elle répliqué au bout d'un moment. Ils n'ont plus de maître. Demande-le-leur toi-même, puisque tu es si malin.

Piqué au vif, Tucker a resserré son étreinte sur moi, m'étranglant à demi. Il se rendait compte que, malgré la supériorité de ses armes, sa position demeurait délicate. S'il me tuait, il perdrait toute monnaie d'échange et rien ne s'opposerait plus à la fureur venge-resse de ce qui restait de l'équipage de la *Louve*, et il n'était pas certain de pouvoir y résister.

Je le sentais hésiter dans mon dos. Ses hommes, qui l'avaient suivi aveuglément jusque-là, semblaient eux aussi indécis. S'il ne réagissait pas immédiatement, il risquait de perdre son ascendant sur eux et certains abandonneraient peut-être l'entreprise, quitte à se retourner contre lui pour se retrouver du bon côté.

Par ailleurs, les cris et les coups donnés sur le bordage provenant de l'entrepont montraient que les boucaniers qu'on y avait enfermés n'étaient pas à négliger. S'ils par-venaient à se libérer, leur furie en ferait des machines à tuer redoutables, même s'il ne leur restait pour se battre que leurs poings et leurs dents.

Sur la *Louve de mer*, les Noirs n'avaient toujours pas bougé, mais il était évident qu'en un clin d'œil, ils pouvaient se lancer à l'assaut du brick et en prendre possession. Tucker n'avait plus le choix. Il était allé trop loin et il ne pouvait plus reculer. Néanmoins, il ne lui serait pas possible de s'emparer des esclaves libérés, ce qui avait sans doute été la principale motivation de sa trahison. Il a compris qu'il ne lui restait qu'une solution : la fuite.

D'une voix sourde, il a ordonné à son équipage de couper les cordages qui reliaient le brick à notre flûte. Ses hommes ont paru soulagés. Un combat à trois contre un ne semblait pas de leur goût. Ils se sont préci-pités sur les grappins, dont ils ont entrepris de trancher les filins à coups de sabre.

Toute chance de sauvetage s'éloignait pour moi au même rythme. Je me demandais si Le Moine, avec le peu de marins qu'il lui restait, serait capable de donner la chasse au brick. La réponse, malheureusement, est venue de Tucker lui-même.

Me rejetant brutalement sur le côté, il m'a jeté sur le pont et il a éclaté d'un rire plein de haine, puis il s'est écrié :

— Ne croyez pas vous en tirer à si bon compte. Ce vaisseau dispose de dix canons et je vous jure que vous allez y goûter. Si nous nous retrouvons un jour, ce sera en enf…

Son dernier mot lui est resté dans la bouche. Tucker s'est brusquement raidi puis, avec un râle bref, il s'est écroulé comme une masse sur le pont, face contre terre, juste à côté de moi. Dans son dos, un poignard était planté jusqu'à la garde.

J'ai essayé de me relever mais, mes mains étant liées dans mon dos, je n'ai pu que rouler sur le pont en me tortillant pour m'éloigner le plus possible du cadavre.

Personne, cependant, ne semblait avoir l'intention de s'occuper de moi. Tous les regards étaient tournés vers le bordage opposé, celui de bâbord. Debout sur le pavois, Loïc se tenait d'une main à un cordage. De l'autre, il venait de lancer son couteau, de toutes ses forces. Il était blême et trempé comme s'il sortait de l'eau, et il avait l'air complètement abasourdi par ce qu'il venait de faire.

Les Barbadiens, ahuris par la tournure des événements, n'avaient pas terminé de section-ner les amarres et ils n'ont pas eu le temps de réagir. À peine le corps de Tucker s'était-il effondré sur le pont qu'un rugissement avait éclaté à bord de la *Louve de mer*. Et déjà, ayant repris son pistolet en main, maman se jetait comme une lionne sur le brick.

Cela a été un véritable raz-de-marée. Le Moine, bien sûr, s'est lancé à l'abordage aux côtés de ma mère, mais le plus effrayant était ailleurs. Au moment même où ma mère a poussé son hurlement de rage, Mongo a jeté un ordre bref et, comme une vague de tempête, les anciens esclaves, haches et coutelas au poing, ont soudain déferlé sur le brick en poussant des cris de guerre.

Plus que leurs armes, c'est la terreur qui a fait reculer les marins barbadiens. Ceux-ci se sont repliés vers le gaillard d'arrière, où ils ont formé un groupe compact pour tenter de résister à l'assaut. Mais déjà les hommes de la *Louve* fondaient sur eux en brandissant leurs armes.

À mon grand désespoir, j'étais dans l'incapacité de me battre et d'aller les aider. J'ai repéré le tonneau que les Barbadiens avaient déposé sur le panneau de l'écoutille, près du grand mât, et derrière lequel je pouvais me mettre à l'abri.

Je me suis mis à ramper tant bien que mal mais, avant que j'aie pu l'atteindre, une main s'est abattue sur mon épaule. J'ai violemment lancé le pied en arrière pour faire lâcher prise à mon assaillant et j'ai entendu un cri étouffé.

— Gilles!

La voix de maman! Je me suis retourné. Elle était agenouillée sur le pont, le souffle coupé, tenant son ventre.

— Je suis désol…

— Tu présenteras tes excuses plus tard, a fait Le Moine qui la suivait.

Aussitôt, il a tranché mes liens d'un coup de sabre et m'a mis un coutelas entre les mains avant d'aider ma mère à se relever.

— C'est bon! a grogné celle-ci d'une voix rauque en se redressant et en le repoussant. Ne perdez pas de temps. Exterminez-moi ces rats puants!

Le Moine s'est lancé vers l'arrière du navire pour prêter main-forte à Mongo tandis que Le Foll, qui arrivait à son tour, se précipitait sur le tonneau, qu'il a entrepris de déplacer pour libérer l'écoutille. L'objet était trop lourd et il n'y parvenait pas. Je suis allé l'aider et, à nous deux, nous avons enfin réussi à le faire.

Un concert de jurons a aussitôt éclaté dans l'entrepont et les boucaniers prisonniers, ivres de rage, ont jailli de l'ouverture comme des diables. Ils étaient terribles à voir. Hirsutes, les yeux fous, ils avaient l'air de chiens enragés. Sans attendre, ils se sont précipités vers leurs compagnons.

Tout à coup, j'ai entendu des coups de feu provenant de l'arrière. Les fusils à pierre ! Deux Noirs sont tombés, ainsi qu'un des Barbadiens à la figure duquel son arme venait d'exploser.

Loin de refroidir l'ardeur de Mongo et de ses hommes, ces premières pertes n'ont au contraire fait qu'exacerber leur férocité. Les Barbadiens n'ont pas eu le temps de recharger, et de toute façon ces fusils n'étaient pas d'un usage pratique pour le corps à corps.

Non seulement Africains et boucaniers étaient plus nombreux, mais ils étaient poussés par une fureur aveugle qui leur faisait ignorer la peur. Les Barbadiens, au contraire, se rendaient compte qu'ils allaient succomber sous le nombre et j'avais l'impression que certains étaient sur le point de se rendre, dans l'espoir peut-être d'obtenir grâce.

C'était sans doute peine perdue. Le comprenant, la plupart se battaient avec l'énergie du désespoir et, des deux côtés, les victimes tombaient dans une mare de sang.

Dans la mêlée, j'arrivais à peine à distinguer maman et Le Moine, qui bataillaient côte à côte au pied de la dunette. Certains des boucaniers que nous avions libérés de l'entrepont avaient pu ramasser l'arme d'un mort, mais d'autres se battaient à coups de poing, et même à coups de tête.

J'en ai ainsi vu un foncer tête baissée sur un Barbadien qui a chancelé sous le choc mais, loin de s'arrêter, le boucanier a continué sur sa lancée jusqu'à écraser littéralement l'homme contre un cabestan. Un jet de sang a jailli de la bouche de ce dernier, qui s'est effondré mollement, les côtes enfoncées.

Soudain, j'ai aperçu Le Foll. Celui-ci s'était imprudemment laissé encercler et deux pirates s'acharnaient sur lui. D'un coup de sabre, le plus grand des deux, une brute velue aux bras noueux, l'a frappé au cou. J'ai vu la tête de Le Foll rouler sur le pont.

Aussitôt, Touman est devenu comme fou. Alors qu'il se battait déjà comme un lion, il a poussé un hurlement de colère et s'est jeté de plus belle sur les meurtriers de son compagnon. Il a été touché trois fois au moins avant de les atteindre mais, sans même paraître se rendre compte qu'il perdait son sang par de multiples blessures, il est parvenu à ses fins et il a éventré le premier de ses adversaires avant de planter sa hache dans le crâne du second.

La bataille a continué dans cette folie jusqu'à ce qu'il ne reste plus un seul Barbadien debout. Il n'y a pas eu de quartier et il n'est resté aucun survivant. Dans nos propres rangs, une vingtaine d'hommes avaient été tués et il y avait autant de blessés. Casse-Pipe en faisait partie : il avait perdu la main gauche.

Lelgoualch a entrepris de soigner les hommes, donnant également des directives pour venir en aide aux matelots du brick, dont les deux qui avaient été remontés de l'entrepont par Lafleur et Touman gisaient encore sur le pont. Quelques boucaniers venaient de disparaître par l'écoutille pour aller chercher les autres.

Le Moine, de son côté, a ordonné de remettre à la voile et de se rapprocher de la *Louve de mer*, qui avait dérivé pendant le combat et se trouvait à présent à une certaine distance. Il n'y avait à son bord que les anciens esclaves qui n'avaient pas voulu participer à notre lutte et qui, de plus, n'étaient pas armés. Ils ignoraient par ailleurs tout de la navigation et du maniement des voiles, et j'entendais du brick leurs cris de détresse.

C'est seulement à ce moment, alors que le calme était revenu sur le brick, que je me suis rendu compte que je n'avais pas revu Loïc, après son apparition sur le pavois, lorsqu'il avait déclenché l'offensive en lançant son couteau sur Tucker. Où était-il passé?

Affolé, je me suis mis à chercher parmi les cadavres qui jonchaient le pont et que les marins se préparaient à jeter à la mer. Aucun d'entre eux, cependant, n'était celui de Loïc. J'ai interrogé les boucaniers, j'ai questionné Lelgoualch, Le Moine, et même Mongo, mais en vain.

Je ne comprenais pas. Si le mousse avait été tué, son corps ne s'était tout de même pas envolé! Jeté à la mer? Mais qui?…

Je me souvenais que, quand il m'était apparu debout sur le pavois, il était ruisselant d'eau. Je n'avais pas eu le loisir d'en chercher la raison, mais je comprenais à présent que, lorsqu'il m'avait vu aux mains de Tucker, constatant que ni Le Moine ni ma mère ne pouvaient agir, il avait dû plonger et passer de l'autre côté du brick, avant de remonter à l'aide de cordages pour surprendre les pirates, dont les yeux étaient tournés vers la *Louve de mer*.

Pensant qu'il était peut-être retombé à l'eau, je me suis rué sur le bastingage bâbord.

L'eau clapotait le long de la coque, mais Loïc ne s'y trouvait pas. Ni mort ni vif... Est-ce que je devenais fou ?

C'est une remarque de Lafleur qui m'a ramené sur terre.

— Il y a quelque chose de bizarre, là-bas, a-t-il fait. Quelqu'un... S'il en reste un seul, je le massacre.

Il montrait du doigt un gros rouleau de cordage disposé sur le gaillard d'avant, près des tonneaux d'eau douce. Quelque chose remuait à l'intérieur. Une mèche de cheveux, que le vent agitait doucement. Sa hache à la main, Lafleur s'est dirigé d'un pas ferme vers le filin. Il tenait l'arme levée, prêt à frapper.

Je l'ai rapidement devancé. Ces cheveux n'étaient pas ceux d'un de ces marins à la tignasse hirsute !

Effectivement, c'était bien Loïc qui se trouvait là, recroquevillé au milieu de l'énorme rouleau. La tête entre ses genoux relevés, il pleurait en silence. J'ai posé la main sur sa tête et je me suis assis à côté de lui, sur l'amas de cordages. En le reconnaissant, Lafleur a éclaté de rire et il est reparti.

Loïc n'avait toujours pas relevé la tête. Je ne pouvais voir que ses cheveux fins et ses larmes coulant le long de ses joues.

— Loïc, tu es blessé ?

Le mousse n'a pas répondu. Je ne voyais pourtant pas de sang sur ses vêtements, lesquels étaient toujours mouillés. J'ai insisté, essayant toutefois de ne pas le brusquer.

— J'aurais préféré être blessé, a-t-il fini par murmurer. Ou tué, peut-être…

— Qu'est-ce que tu racontes là, voyons !

— Je suis devenu comme eux, Gilles. Je suis devenu comme tous ces gens que je déteste : un tueur.

— Mais tu m'as sauvé la vie ! me suis-je écrié. Et puis, cet homme que tu as tué, c'était un traître et un assassin sans scrupule.

— Il y a toujours une justification au meurtre, a répondu Loïc en secouant la tête avec tristesse. Il y a toujours une justification à tout. Mais moi, je ne voulais pas leur ressembler.

— En tout cas, je te suis reconnaissant de ce que tu as fait. Je te dois tout.

— Tu ne me dois rien, Gilles. Lorsque je t'ai vu avec ce couteau sous la gorge, je n'ai eu qu'une alternative : te voir mourir ou tuer moi-même. Je n'ai pas choisi. Je n'ai jamais rien choisi dans ma vie. Tout ce que j'aurais voulu, c'était rester chez moi.

Tout à coup, je me suis aperçu que maman était là, le regardant avec compassion. Courbé sur Loïc, je ne l'avais pas vue approcher et elle avait sans doute entendu ce qu'il venait de me dire.

Elle s'est agenouillée près de lui.

— Tu auras peut-être bientôt un chez-toi, Loïc. Moi aussi j'ai tout perdu, moi aussi je suis lasse de cette vie. Aie confiance.

Loïc a relevé son visage vers elle, et il a simplement dit merci.

Un choc suivi d'un long craquement de bois m'a fait me redresser. Nous venions de nous ranger le long de la *Louve de mer* et les boucaniers avaient lancé des grappins pour nous y arrimer.

Les deux bateaux étaient de nouveau amarrés ensemble.

# 13

## VERS LE SUD

Nous avons pris possession du brick. Le bateau était en bon état, possédait des canons et était plus rapide et plus maniable que le nôtre. De plus, même s'il était moins grand que la flûte, il permettait de loger tous nos passagers et, surtout, il n'avait pas le passé de cette dernière.

Le deux-mâts était un vaisseau de commerce espagnol parti de Cadix quatre mois plus tôt avec un chargement de vin, d'armes et de produits manufacturés pour les colons d'Amérique centrale.

D'après ce que nous avaient raconté les survivants, le bateau avait été pris en chasse par des pirates quelques semaines plus tôt, arraisonné et pillé. Le capitaine, son second et le quartier-maître avaient été tués et quelques marins étaient passés à bord du pirate. Les autres, une trentaine d'hommes, avaient tenté de rejoindre leur destination, mais leur méconnaissance de la navigation leur avait fait perdre énormément de temps.

Les provisions venant à manquer (les pirates en avaient volé une bonne partie), le scorbut s'était bientôt déclaré à bord et une vingtaine d'hommes avaient succombé, dont les corps avaient été jetés à la mer. Les survivants, affaiblis, avaient été incapables de manœuvrer le navire et, finalement, les cinq derniers d'entre eux s'étaient réfugiés dans l'entrepont où ils essayaient de survivre en grignotant de vieux cordages ou des lanières de cuir arrachées au bordé.

Le navire était en bon état. Selon la coutume des pirates, maman avait décidé d'abandonner la *Louve* et d'y transférer tout son monde. Avant d'appareiller, elle avait fait saborder la flûte pour faire disparaître toute trace de ce qui s'était passé. Quant au brick, bien sûr, il avait été rebaptisé la *Louve de mer*, car, pour ma mère, c'était le bateau qui s'attachait au nom qu'on lui donnait et non l'inverse.

— C'est en nommant les choses qu'on leur donne une âme, avait-elle dit. C'est en les nommant qu'on se les approprie.

Nous faisions route vers le sud. D'après Touman, les Guyanes regorgeaient de communautés marronnes et il n'y avait qu'à remonter un cours d'eau dont la profondeur était suffisante pour s'en rapprocher.

Le Moine, cependant, pensait que nous n'y serions pas forcément bien reçus, d'une part à cause de notre nombre, d'autre part parce qu'une quinzaine d'Européens faisaient partie de la troupe, et que les marrons ne portaient pas ces derniers dans leur cœur.

Maman était d'avis qu'il valait mieux s'établir dans un endroit vierge. Nous étions assez nombreux pour construire, nous avions un charpentier et les boucaniers qui étaient encore avec nous — s'ils acceptaient de le rester — nous feraient profiter de leur savoir-faire en matière de survie en forêt.

Touman s'était finalement rangé à cette idée. Quant à Mongo, qui avait participé aux discussions, il affirmait qu'il était davantage prêt à reconstruire qu'à conquérir.

La seule question en suspens était donc la suivante : comment allions-nous découvrir notre terre de destination ? En effet, tout lieu susceptible de nous convenir — accueillant et accessible en bateau — ne manquerait pas d'être déjà occupé. Allait-il encore falloir nous battre, tuer, ou bien notre errance ne connaîtrait-elle pas de fin ?

Nous avions à bord pour quelques semaines de provisions, mais ensuite ? Faudrait-il reprendre la piraterie ?

La navigation s'est poursuivie sans mauvaises rencontres pendant quinze jours environ. Même si le brick était en bon état général, il avait subi quelques avaries mineures, car il avait été mal dirigé et, de toute façon, il faudrait bientôt caréner.

Quelques jours plus tard, heureusement, nous étions en vue des côtes de Guyane. Il y avait peu d'établissements espagnols dans cette partie des Amériques. Il ne s'y trouvait guère que des aventuriers anglais, français ou hollandais, qui entretenaient peu de relations avec leurs souverains respectifs.

C'était donc là, au-delà de cette ligne vert sombre, que se trouvait notre destination. Tout ce que je savais de ce pays, c'est qu'il était recouvert de forêts impénétrables et hostiles, où la vie était une lutte perpétuelle contre les éléments.

Les colonies qu'on avait essayé d'y fonder s'étaient soldées par de terribles échecs, principalement à cause du climat, qu'on disait exécrable et délétère.

— On y rencontre pourtant de nombreux Indiens caraïbes, a indiqué Touman. Ils sont là depuis des siècles. L'endroit n'était pas si invivable que ça.

— Le climat tue les hommes qui refusent de s'y adapter, a ajouté Le Moine. Il est insensé de vouloir vivre ici comme on vit en Bretagne ou dans la campagne anglaise. De la même manière, les premiers colons de la Nouvelle-France ont péri dès les premiers hivers pour avoir voulu vivre dans des maisons de type normand. Ce n'est qu'en copiant le savoir-faire et les habitudes des autochtones qu'ils ont pu survivre de façon durable.

— Ce que les uns sont capables de faire, a conclu maman, d'autres le peuvent également. Crois-tu, Le Moine, que si j'avais gardé sur la *Murène* ou sur la *Louve de mer* les robes et les atours que je portais à Kergorieu je serais encore de ce monde ? Je n'ai pas l'intention de reconstruire mon manoir dans ces forêts.

— Ma cabane te sera toujours ouverte, Rachel, a plaisanté Le Moine avec une sorte de révérence moqueuse.

— Trouve donc déjà un endroit où la planter, a répliqué maman en lui rendant son sourire.

Puis, en reprenant son sérieux, elle a repris à voix basse :

— Nous devrons discuter d'une autre chose aussi, plus importante encore. Rejoins-moi ce soir dans la cabine avec Touman et Mongo. Toi aussi tu viendras, Gilles.

Le Moine avait fait réduire la toile pour diminuer notre vitesse. L'idée était de repérer l'embouchure d'un fleuve et de remonter celui-ci autant qu'il serait possible avec un vaisseau de haute mer. À cet effet, deux hommes avaient été placés en vigie dans un nid-de-pie au sommet de chaque mât.

Maman ne voulait pas trop s'approcher de la côte afin de ne pas attirer l'attention d'éventuels établissements commerciaux, ou même pirates. Elle souhaitait, comme elle le disait, disparaître du monde.

De nombreux marins, accoudés au bastingage ou grimpés dans les haubans, surveillaient également la côte. La journée s'est terminée dans une sorte d'attente nonchalante. Le vent était faible et l'extrême chaleur de l'air contribuait grandement à l'apathie de l'équipage.

Au soleil couchant, je suis allé chercher Mongo qui, comme d'habitude, se tenait près du mât d'artimon. Les onguents appliqués sur son visage avaient agi et ses cicatrices ne suppuraient plus. Ensemble, nous nous sommes rendus à la cabine occupée par ma mère. Touman et Le Moine s'y trouvaient déjà.

La question que ma mère voulait régler avant même de débarquer — où que ce soit

— était la suivante : selon quelles lois la société que nous voulions instaurer à terre allait-elle fonctionner ?

Pour Touman, la réponse était simple. Les boucaniers vivaient depuis des décennies dans des communautés autonomes où chacun avait les mêmes droits et les mêmes devoirs. Il n'y avait pas de gouvernement et les décisions se prenaient en commun. Ces hommes n'acceptaient aucun pouvoir, sauf celui du capitaine élu à l'occasion des expéditions en mer, ce qui était nécessaire à la bonne marche des opérations. Dès le retour à terre, ce dernier redevenait un individu comme les autres.

Le modèle était simple et facile à mettre en place dans une compagnie comme la nôtre, qui comptait moins de trois cents personnes. Les parts de butin, le cas échéant, étaient égales pour tous, sauf une prime pour ceux dont le rôle était essentiel, c'est-à-dire le capitaine, le charpentier et, parfois, le quartier-maître. À terre, cependant, les ressources étaient communes, même si chacun était libre de posséder ses armes, sa cabane et ses objets personnels.

— Cela ressemble un peu à ce qui se passe chez moi, a fait remarquer Mongo — hormis pour le roi. Mais un roi ne sera sans doute pas ce dont nous aurons le plus besoin là où nous allons. C'est un roi qui m'a vendu…

— Un certain nombre de règles sera cependant nécessaire, a déclaré Le Moine. Absence de pouvoir ne signifie pas désordre.

— Ces règles peuvent être celles de la flibuste, a répondu Touman. Elles fonctionnent et ont fait leurs preuves.

Mongo et Le Moine ont vaguement hoché la tête, mais je voyais bien que maman avait autre chose en tête. Comme Le Moine se tournait vers elle pour solliciter son avis, elle a répondu :

— Ces règles ont fait leurs preuves dans vos sociétés d'origine, messieurs. Mais celles-ci présentent une différence fondamentale avec la nôtre. Les femmes. Ou bien ces dernières sont en nombre équivalent aux hommes, comme chez Mongo, ou bien il n'y en a pas, comme c'est le cas chez les boucaniers. Ici, il y aura moins de vingt femmes pour plus de deux cents hommes. Imaginez-vous un instant les problèmes que cela peut causer ?

Les hommes se sont tus. La femme qu'ils avaient devant eux n'était certainement pas une femme ordinaire, mais c'était une femme quand même et ils avaient tous dû, chacun à leur façon, en rêver au cours des longues nuits en mer.

La situation d'urgence à bord et la discipline en vigueur, nécessaire à la bonne marche du bateau, avaient jusqu'alors maintenu les distances, même si elles n'étaient plus d'ordre aristocratique, entre les marins et Rachel. Mais que se passerait-il à terre, lorsque dans une colonie de près de deux cent cinquante membres allaient se retrouver quelques femmes que l'on pouvait considérer comme «disponibles» puisque leurs maris (pour celles qui en avaient) étaient morts ou prisonniers sur quelque autre navire négrier?

Pour Touman et pour les autres boucaniers, le monde des femmes se réduisait sans doute à celui des putains de la Tortue ou des bouges des innombrables tavernes de la Jamaïque ou d'Hispaniola. Pour Mongo, j'ignorais tout de la façon dont elles étaient considérées et traitées dans son pays — égales des hommes, bêtes de somme ou créatures de harem, je n'en avais pas la moindre idée.

Quant à Le Moine, malgré l'estime dans laquelle il tenait ma mère, malgré le respect apparent qu'il lui témoignait, j'imaginais que la longue promiscuité qui les avait réunis et les périls traversés ensemble n'étaient pas sans lui laisser entrevoir une situation plus intéressante.

Ma mère se sentait sans doute assez forte pour résister à Le Moine si celui-ci se mettait en tête de la considérer comme une proie ou une récompense, mais que deviendraient ces pauvres créatures arrachées à leur pays si les hommes se croyaient en droit, ce qui était le cas dans bien des endroits, de les traiter comme leur bien personnel — ou même comme un bien collectif, ce qui était peut-être pire encore ?

Rompant le silence, maman a alors déclaré :

— À ceux qui ont goûté aux chaînes de l'esclavage, à ceux qui se sont affranchis de leur asservissement, je voudrais dire que la liberté n'a pas de sexe et que, quelle que soit la solution choisie pour notre organisation, les femmes et les hommes auront les mêmes droits et la même voix pour s'exprimer. Vous avez lutté et risqué votre vie pour échapper à la tyrannie, à la servitude. Vous êtes donc capables de comprendre. Pour autant, je n'ai pas la vocation d'une oratrice et je souhaiterais que chacun d'entre vous fasse passer ce message à ceux auprès de qui il a une influence. Nous avons parlé de rejeter tout pouvoir autoritaire. Or, nous sommes ici réunis en petit comité, ce qui pourrait passer pour un embryon de gouvernement. Je vous demande donc de considérer tout ce que je vous ai dit comme des propositions, et non comme des ordres. Mais, quoi qu'il arrive, je me réserve le droit de disparaître de votre société si qui que ce soit venait à me considérer comme une chose et non comme un être humain.

— Rachel! s'est exclamé Le Moine. Personne ne…

— Non, personne, Le Moine. Personne pour le moment…

Je commençais à être gêné par la tournure que risquait de prendre la discussion lorsque Touman s'est levé.

— J'ai été esclave avant de me réfugier chez les boucaniers, a-t-il déclaré. Là, on ne m'a demandé ni d'où je venais ni quelle était ma religion — ni même si j'en avais une. Je suis devenu l'un des leurs et de telles questions n'ont pas cours chez nous. Nous jugeons les gens sur leur courage et sur leur valeur personnelle. Les boucaniers embarqués à bord de la *Louve de mer* sont ainsi et, si je ne peux pas garantir qu'ils soient à l'abri du désir, au moins ils n'ont pas l'instinct de propriété.

— J'ai été une chose moi-même, a renchéri Mongo de sa voix curieusement déformée. Un objet possédé, moins qu'une bête. J'en porte encore les marques sur ma figure. Je sais donc de quoi il s'agit et je ne le souhaite pour personne. Mes compagnons comprendront. Les femmes seront libres comme nous le serons.

— Penses-tu que ceux des tiens qui n'ont pas voulu prendre les armes à nos côtés se joindront à nous à présent ?

— Je le pense. Ils vous ont vus à l'œuvre et leur méfiance diminue. Et puis, ont-ils seulement une autre solution ?

— Je ne le crois pas, a répondu ma mère. Mais le désespoir et la nostalgie ne font pas de très bons compagnons.

— Ce sont les femmes qui les convaincront et leur donneront du courage, a affirmé Mongo. Même les négriers l'ont remarqué : les femmes sont plus résistantes. Elles sont du côté de la vie, nous tâcherons de les suivre.

— Alors, je nous souhaite bonne chance, a conclu maman.

Il faisait noir quand nous sommes ressortis de la cabine. J'ai retrouvé Loïc, qui m'attendait près de l'échelle, presque invisible dans l'ombre. J'avais l'impression qu'il avait écouté toute la conversation dans la cabine, dissimulé près de la cloison. Mais j'étais fatigué et je n'avais guère envie de parler. Nous sommes allés nous coucher.

Dans le hamac que nous partagions, le mousse s'est lové contre moi, plus cajoleur encore que d'habitude, nichant son visage contre ma poitrine.

— Gilles? a-t-il murmuré au bout d'un moment.

— Oui.

— Crois-tu que nous allons enfin trouver la paix?

— Je le crois. Je l'espère, du moins.

— Et...

Il s'est interrompu, avalant sa salive.

— Tu ne m'abandonneras jamais? a-t-il repris en se serrant davantage contre moi.

— Mais non, voyons, pourquoi dis-tu ça?

— J'ai toujours été abandonné, Gilles. Toujours, depuis ma naissance.

Loïc était à deux doigts d'éclater en sanglots. Pourquoi était-il aussi sensible, qu'avait été sa vie pour qu'aujourd'hui la peur l'accompagne partout où il allait?

Bouleversé, je l'ai pris dans mes bras et j'ai caressé doucement sa tête.

— Tu n'as rien à craindre, ai-je chuchoté. Maman m'a demandé de veiller sur toi et je le ferai.

— Je voudrais que tu restes toujours avec moi, a-t-il soufflé d'une voix presque inaudible.

— Bien sûr. N'est-ce pas ce que j'ai toujours fait ?

— Oui, mais… pas comme ça.

— Que veux-tu dire, enfin ! ai-je fait avec une pointe d'agacement. Tu n'es pas satisfait ?

Loïc s'est mis à frissonner. Il s'accrochait à moi comme à une bouée de sauvetage. Puis il a pris ma main entre ses doigts minces et il a murmuré d'une voix tremblante :

— Tu n'as donc pas compris ?

— Pas compris quoi, Loïc ?

— Que je suis une fille…

# 14

## LE FLEUVE

Le lendemain, dans le courant de la matinée, les hommes de vigie nous signalaient une profonde échancrure dans la côte. Le Moine a fait mettre le cap droit dessus. L'équipage semblait assez excité. Avant midi, nous nous trouvions devant l'embouchure d'un fleuve plus large que la Loire à Nantes.

Le brick s'y est engagé aussitôt.

Pour ma part, j'étais toujours sous le choc de la révélation de Loïc — de Louise, plutôt, puisque tel était son véritable nom. Tout au long de la nuit, Louise m'avait raconté sa vie, qui n'avait été qu'une interminable succession d'abandons et de fuites désespérées.

Abandonnée dans son plus jeune âge par sa mère — une jeune femme violée dans une grange qui n'avait jamais pu s'occuper d'elle —, Louise avait survécu en étant recueillie par un couple de bourgeois de Nantes qui n'avait pas tardé à faire d'elle une servante corvéable à gré, la menaçant sans cesse de la renvoyer au ruisseau si elle regimbait.

À dix ans, alors que le mari commençait à la regarder d'un peu trop près, elle s'était enfuie et, déguisée en garçon, elle avait vécu sur le port de menus travaux de raccommodage auprès des pêcheurs. Dans la crainte perpétuelle qu'on ne découvre son identité, elle avait vite acquis une certaine habileté à se dissimuler et à disparaître dès qu'elle pressentait un danger.

Puis, un jour qu'elle errait sur les quais à la recherche d'ouvrage, elle avait été « engagée » comme mousse à bord du *Dauphin*, un brigantin de la marine royale. Elle avait vécu là un véritable enfer, jusqu'à l'abordage du navire par le premier sloop de ma mère.

Je comprenais à présent pourquoi le comportement de celle que je croyais être le mousse Loïc m'avait si souvent paru étrange. Je me rendais compte également que ma mère avait depuis longtemps deviné le sexe de Louise, et je m'expliquais mieux la sollicitude insistante qu'elle lui avait témoignée.

Louise, depuis son embarquement forcé, était terrorisée par les marins, dont elle redoutait la brutalité. Et si elle avait tant recherché ma protection, ce n'était pas seulement parce qu'elle avait moins peur de moi et me considérait comme moins barbare que les autres. Des sentiments inconnus d'elle jusqu'alors s'étaient aussi éveillés dans son cœur…

À plusieurs reprises, elle avait tenté de me dévoiler son secret, mais chaque fois les circonstances — son évanouissement sur le radeau avant le repêchage par l'*Elmina*, par exemple — l'en avaient empêchée. L'imminence d'une installation à terre, où son identité serait peut-être plus difficile à préserver, l'avait cependant poussée à se révéler. Ainsi, pensait-elle, nous pourrions former un couple «légal», à la façon des boucaniers, et elle se sentirait mieux protégée.

Profondément remué par ce que je venais d'apprendre, je ne pensais même pas à observer le fleuve et ses rives débordantes de végétation entre lesquelles nous nous engagions. Je n'avais d'yeux que pour Loïc — elle m'avait supplié de ne pas prononcer son nom devant les autres — et je tentais de discerner les formes de son corps sous les hardes de matelot que je l'avais toujours vue porter.

Son visage, que je trouvais enfantin et délicat auparavant, m'apparaissait maintenant d'une beauté émouvante ; ses membres grêles et ses mains fines se révélaient gracieux ; et ses gestes me semblaient empreints d'une féminité retrouvée qui me remuait jusqu'au plus profond de mon être.

Dans l'effervescence qui régnait sur le pont, personne ne faisait attention à moi, et moins encore à l'air béat que je devais pourtant arborer comme un drapeau. Loïc/Louise affichait également un sourire réjoui comme je ne lui en avais pas vu depuis longtemps.

— Content d'arriver quelque part, mon garçon? lui a lancé Lafleur. Tu n'aimes pas la mer, n'est-ce pas?

Le mousse a hoché la tête sans répondre, et il m'a semblé que Touman lui jetait un regard appuyé et plein de questions. Depuis la mort de Le Foll, il faisait parfois montre d'une humeur maussade et ses compagnons préféraient le laisser tranquille. Feignant de ne pas le voir, je me suis avancé vers Loïc et je l'ai pris par l'épaule, ostensiblement. Touman a détourné les yeux.

Nous nous sommes éloignés pour nous placer sous la dunette. Je tenais toujours Loïc et nous nous sommes mis à contempler le rivage, rêveurs. Le vert intense des rives du fleuve me rappelait celui des côtes de Guinée. J'espérais simplement que la même haine et le même esprit de lucre n'y régneraient pas.

Tout à coup, j'ai entendu craquer l'échelle de la dunette. Je me suis retourné. Ma mère descendait. Elle s'est approchée de nous et s'est accoudée près de moi sur le pavois. Elle souriait. Nous observait-elle depuis long-temps ? Elle, en tout cas, n'était certainement pas dupe de mon air évaporé…

— Alors ? a-t-elle simplement dit d'un ton faussement neutre.

Mon bras était toujours posé sur l'épaule du mousse.

— Je suis content d'arriver, me suis-je borné à dire. Cette errance me pèse.

— Moi aussi je suis content, a ajouté Loïc en plaçant sa main sur la mienne.

Maman n'a rien dit, mais son sourire me confirmait qu'elle savait que je savais… Elle est remontée sur la dunette, où se trouvait Le Moine, pour suivre la marche des opéra-tions. Nous avons décidé de l'accompagner.

Naviguer sur un fleuve n'avait rien d'ex-traordinaire dans cette région où les cours d'eau étaient gigantesques, mais cela deman-dait des compétences spéciales, car leur lit n'était pas toujours régulier et le risque de s'échouer n'était pas négligeable.

Le Moine n'avait fait laisser que quelques voiles et nous avancions lentement, l'homme de barre s'efforçant de garder le milieu du fleuve. À mon grand étonnement, cependant, le courant ne semblait pas être un obstacle.

— La marée nous est favorable, a commenté Le Moine. Ici, elle est plus puissante que le courant et elle nous porte. Toutefois, lorsqu'elle commencera à baisser, je ferai mettre à l'ancre le plus loin possible de la rive.

Étrange navigation, en effet. Quand les effets de la marée se sont inversés, Le Moine a fait lancer deux ancres et le brick est resté ainsi immobile pendant six heures au cours desquelles les eaux boueuses du fleuve ont recommencé à s'écouler en direction de l'océan.

La même opération s'est déroulée la nuit, Le Moine ne voulant pas risquer le navire dans l'obscurité. Étendu dans mon hamac avec Louise, osant à peine respirer, j'ai passé la nuit à rêver en écoutant les bruits incessants de la forêt, qui nous parvenaient malgré la distance. Après des mois d'accoutumance au roulis et au relatif silence de la mer, l'immobilité complète du bateau et le vacarme de la forêt me paraissaient les signes les plus flagrants de la nouvelle vie qui nous attendait.

Moustiques et insectes en faisaient sans doute aussi partie, et nous étions harcelés sans répit par des bestioles bourdonnantes et stridulantes, assoiffées de sang comme les requins qui suivaient les négriers. J'ignorais si nous allions rencontrer ces fameux Indiens caraïbes et quels rapports nous allions avoir avec eux, le cas échéant — d'autant plus qu'ils pratiquaient le cannibalisme, m'avait-on dit —, mais il me paraissait acquis que la faune ne nous ferait pas de cadeaux...

Depuis que nous naviguions en eau douce, je n'avais pas pu voir la rive. Les arbres gigantesques poussaient jusqu'au bord de l'eau, où leurs racines s'enfonçaient, et masquaient la terre ferme. Le deuxième jour, alors que je me trouvais à l'avant avec Loïc, scrutant les profondeurs vertes et sombres, une sorte d'anse est apparue à tribord, c'est-à-dire sur la rive gauche du fleuve.

La rive, à cet endroit, était presque dégagée. L'eau y formait une sorte de bassin plus calme. Le Moine a donné des instructions à l'homme de barre et a fait réduire encore la voilure.

— Il serait plus prudent de nous arrêter et de mettre les canots à l'eau. Si le mouillage est propice, nous pourrons haler le brick.

Mais à peine avait-il prononcé cette phrase qu'un choc violent, suivi d'un sinistre craquement, m'a projeté vers l'avant et je me suis écrasé sur le bastingage. Aussitôt, le bateau s'est mis à donner de la bande et à pivoter sur son axe. Puis un autre choc, plus mou celui-là, a mis fin au mouvement et la *Louve de mer* s'est affalée sur le côté. Nous étions échoués.

Le navire gîtait d'une vingtaine de degrés et j'avais du mal à conserver mon équilibre. Les tonneaux avaient glissé ou basculé pour rouler jusqu'au bastingage, qui se trouvait endommagé en plusieurs endroits. Quant aux mâts, ils craquaient d'une façon qui me faisait craindre le pire.

Il y a eu des cris, surtout de la part de tous ceux qui étaient demeurés dans l'entre-pont et ne comprenaient pas ce qui venait de se passer. Le navire, cependant, était bien pris et il ne serait pas facile de le désensabler.

— La marée est pourtant au plus haut, a grommelé Le Moine. Ce qui veut dire que nous risquons de prendre encore de la bande quand elle redescendra. Nous sommes salement coincés.

Puis il a ordonné de mettre les canots à l'eau. Deux groupes partiraient en reconnaissance sur la berge et, si rien ne s'y opposait, nous ferions débarquer tout notre monde, ainsi que le plus possible de matériel pour alléger le bateau.

Touman a pris la direction du premier canot et Lafleur, celle du second. Casse-Pipe, pendant ce temps, tâchait de mesurer l'ampleur des avaries subies par le brick. Ma mère, Loïc et moi sommes restés sur le bateau pour tenter d'endiguer la panique qui commençait à s'emparer de certains des Noirs qui, pris dans l'entrepont, croyaient leur fin venue.

Il y avait quelques blessés et Lelgoualch, avec notre aide, a entrepris de s'en occuper. Mongo, de son côté, ne ménageait pas ses efforts pour calmer ces gens qui ne comprenaient pas notre langue. Finalement, le calme est revenu et nous sommes péniblement remontés sur le pont.

Vers la fin de la journée, les canots sont revenus. La marée avait baissé et une grande partie de la coque était à l'air libre, montrant les innombrables coquillages qui s'y étaient fixés et rendaient le carénage nécessaire. Touman et Lafleur ont amarré leurs embarcations et ont grimpé à bord.

Ils avaient fait une découverte curieuse. Au-delà de l'anse, le boisé était plus clairsemé et, sur une colline du sommet de laquelle on apercevait le fleuve, ils étaient tombés sur des vestiges d'habitations délabrées.

— Quel type d'habitations? a demandé Le Moine.

— Pas caraïbe, c'est certain, a répondu Touman. Mais ce n'est pas non plus un ancien comptoir commercial. Trop loin de la rive du fleuve, trop dissimulé. Il y a également des traces de fortifications. Sans doute un camp de marrons.

— Il a été attaqué?

— Difficile à dire. Il y a peu de signes de destruction, sauf celle due au temps. Pas de cadavres non plus. Je pense plutôt que le camp a été abandonné.

— C'est curieux, a marmonné Le Moine. D'un autre côté, nous avons de la chance. Je ne pense pas que nous puissions dégager et réparer le bateau si facilement avec nos moyens actuels. Pouvons-nous reconstruire? Y a-t-il assez de place?

— Le bois ne manque pas, l'espace non plus, a fait Lafleur. Pour le reste, il faudra voir. De toute façon, nous n'avons pas d'autre choix.

Je n'ai pas compris ce qu'il entendait par «le reste» mais, pour ce qui était du choix, il avait raison. Nous étions coincés ici, et il allait falloir nous débrouiller.

Sous la direction de Le Moine, nous avons donc commencé à procéder au débarquement. Les canots assuraient une navette entre le navire échoué et la rive. Maman est restée à bord pour organiser les groupes et Touman, à la tête du premier passage, s'est occupé de l'installation provisoire à terre.

J'ai fait partie du dernier voyage, avec maman, Loïc et Le Moine. Les boucaniers avaient emporté avec eux des haches et Lelgoualch avait fait transporter tout ce qui pouvait servir d'outil de construction, ainsi que des cordages et toutes les voiles disponibles, même déchirées.

Lorsque nous avons débarqué à notre tour, le soir tombait et des groupes s'étaient formés, certains ayant déjà allumé des feux autour desquels ils étaient assis. Les boucaniers, aidés par Mongo et quelques autres, avaient entrepris de nettoyer la place et de construire quelques abris de toile avec de vieilles voiles.

L'endroit aurait pu avoir l'air féerique, avec ces grands arbres qui entouraient le campement et la lueur des feux, mais la chaleur était accablante et, très vite, j'ai compris que les maîtres, ici, allaient être les insectes, sans parler des serpents et autres bêtes inconnues que j'imaginais grouiller tout autour de nous.

Louise se tenait tout contre moi et je lui ai pris la main. Elle frissonnait. Je ne sais pourquoi, je ne pouvais me détacher de l'idée que cet endroit respirait la mort.

# 15

## LA RÉPUBLIQUE DES FORBANS

Quelques semaines plus tard, c'est un véritable fortin que nous avions installé sur la colline.

Après en avoir longuement discuté avec ma mère, Le Moine avait fait transporter à terre les canons du brick, ce qui n'avait pas été sans mal. Quatre d'entre eux avaient été placés en bordure du fleuve, les six autres en haut de la colline, quatre pointés vers le fleuve, deux vers la forêt.

Ces deux derniers avaient fait l'objet d'une vive discussion, presque tout le monde étant persuadé qu'un éventuel danger ne pouvait venir que du fleuve. Cependant, Mongo avait fait valoir que nous ne savions rien de ce que recélait la forêt, et ma mère s'était rangée à son avis, arguant qu'il en savait beaucoup plus que nous tous sur les périls de la jungle.

Les fortifications avaient été remises en état et un espace assez large avait été défriché au-delà des palissades pour éviter toute attaque-surprise de l'intérieur. De plus, un poste de guet, dissimulé parmi les arbres, avait été érigé près du fleuve, non loin des canons.

Puis, pour remplacer les abris provisoires, ma mère avait proposé la construction de grandes maisons collectives, à laquelle tous devaient participer. Celles-ci, montées sur pilotis, nous mettraient à l'abri de la vermine et des créatures venimeuses qui infestaient le sol. Si quelqu'un, cependant, désirait une case personnelle, il pouvait s'en construire une, mais par ses propres moyens.

Les femmes de la communauté, dans un premier temps, vivraient dans une longue maison qui leur serait réservée, avec leurs enfants. Mais si, par la suite, telle ou telle désirait partager l'habitation d'un homme, elle serait libre de le faire.

À ce propos, cependant, ni ma mère ni Mongo, qui semblaient chacun avoir été investis d'une certaine autorité morale par leur communauté respective, n'avaient accepté de célébrer quelque mariage que ce soit ou d'endosser la fonction de thauma-turge ou de pontife. Il n'était d'ailleurs pas question que qui que ce soit le fasse, le consentement mutuel étant le seul lien dont on pourrait se prévaloir dans notre nouvelle société.

Enfin, les règles de base pour la vie en commun avaient été énoncées sur le modèle de celles des boucaniers, comme il en avait été discuté lors de la réunion dans la cabine de ma mère, à bord de la *Louve de mer*, quelques jours auparavant.

J'ignore comment Mongo avait fait passer aux siens le message concernant la loi de la nouvelle communauté, mais lorsque Touman l'avait exposée aux boucaniers, cela avait donné lieu à une scène cocasse. Tous avaient admis que les femmes n'étaient pas des objets, mais un boucanier taillé comme un colosse, sale et barbu comme les autres, avait naïvement posé cette question :

— Mais si je veux vivre avec une des femmes, et qu'un camarade veut vivre avec la même, qui dois-je tuer ? Lui ou elle ?

Tous avaient éclaté d'un rire bruyant, que le principal intéressé n'avait pas compris. Touman, dissimulant son amusement, avait repris :

— Personne ne tuera personne dans notre république. La seule règle est le consentement mutuel et le bien commun. Votre liberté s'arrêtera là où commencera celle de vos camarades. Il n'y aura pas de propriété privée, sauf pour les objets d'usage personnel. Mais si une femme veut deux hommes pour elle, eh bien, il y a de quoi faire ici et vous devrez vous en accommoder.

De nouveau, un immense rire a accueilli cette déclaration.

Bien sûr, avant qu'on bâtisse les premières maisons, maman avait suggéré que les membres de la société se mélangent et abolissent toute barrière entre eux, mais, instinctivement, chacun s'était tenu avec les siens et, dès le départ, notre colonie s'est donc composée de groupes séparés : boucaniers, Hollandais ou Espagnols (les cinq rescapés du brick qui, par la force des choses, étaient restés avec nous). Même les Africains s'étaient plus ou moins regroupés selon leur tribu d'origine.

Maman en avait été sincèrement peinée, mais Le Moine lui avait fait remarquer qu'elle-même avait accepté sans sourciller la cabane qu'il lui avait construite sur le flanc de la colline, et qu'elle ne devait partager qu'avec Loïc et moi.

— Personne ne leur imposera un ordre qui n'est pas le leur, Rachel, avait-il commenté. Je comprends tes rêves, mais les rêves ne se réalisent pas sous la contrainte.

La cabane en question n'était pas un palace, loin de là, mais maman était devenue à ce point réfractaire à toute forme et toute manifestation du pouvoir autocratique qu'elle n'aurait pas accepté le moindre privilège. Le choix de vivre seule était le sien et il ne lésait personne.

La cabane comportait trois pièces rudimentaires, une pour ma mère et une pour nous, ainsi qu'une pièce commune. Loïc — Louise préférait continuer de se faire appeler ainsi et de passer pour un garçon — s'en trouvait très bien et, pour la première fois depuis notre rencontre, semblait enfin éprouver une certaine joie de vivre.

Lorsque tout avait été terminé, Le Moine avait proposé que nous donnions un nom à notre village. Il avait gardé de son éducation monastique et de ses nombreuses lectures un goût pour les langues anciennes, et il avait suggéré Eutopia, mot qui signifiait « le bon endroit » et qui venait, il me le confierait plus tard, d'un auteur anglais qu'il avait beaucoup lu.

Personne ne s'y était opposé, et c'est ainsi qu'avait été baptisée notre communauté, que Le Moine appelait parfois avec une pointe d'humour « la république des forbans », en référence à un philosophe antique.

Une nuit, des pluies diluviennes se sont abattues sur le village. On aurait dit que le ciel s'était ouvert et se déversait sur nos têtes de toute l'eau accumulée depuis des semaines. Cela a duré jusqu'à l'aube. L'eau tombait si dru que, malgré le lever du soleil, on n'y voyait pas à cinq pas. Loin de s'atténuer avec le jour, la pluie a continué avec une violence renouvelée jusqu'au soir, puis jusqu'au lendemain.

Lorsque nous avons pu enfin sortir de nos cahutes, la colline était creusée de ravines qui charriaient encore une eau boueuse jusqu'au fleuve. Lentement, nous découvrions l'ampleur des dégâts. Le camp n'était qu'un bourbier dans lequel nous pataugions à la recherche des objets que le déluge avait emportés.

Des cris en provenance de la rive ont alors attiré notre attention. Maman, abandonnant ce qu'elle faisait, s'est précipitée. Je me suis lancé à sa suite, imité par nombre de nos compagnons.

Sur la berge, nous sommes tombés sur Le Moine et Touman, debout devant le fleuve bouillonnant dont le niveau semblait avoir monté de plusieurs pieds. Ils regardaient droit devant eux, comme fascinés. Là où la *Louve de mer* s'était échouée, il n'y avait plus rien qu'un tourbillon d'eau brune chargée de déchets végétaux divers arrachés à la forêt.

Il y a eu des cris de rage, des soupirs d'impuissance, des malédictions… Mais le fait était là : la disparition du brick signifiait que nous étions coincés ici pour longtemps.

C'est ma mère qui s'est ressaisie la première.

— Puisque dorénavant nous ne pouvons plus compter que sur nous-mêmes, autant commencer tout de suite, a-t-elle prononcé d'un ton ferme. Nous sommes ici chez nous, et Eutopia sera ce que nous en ferons. À nous de voir ce que nous valons.

Lafleur a éclaté de rire.

— Cette femme aurait fait un boucanier de première classe, s'est-il écrié. Cessons de pleurer, camarades, et faisons ce qu'elle dit.

Nous avons tourné le dos au fleuve en furie et nous sommes retournés au village. Les boucaniers n'étaient pas gens à se lamenter longtemps. La plupart des habitants s'y trouvaient déjà au travail. Pour les Noirs, de toute façon, la perte du bateau ne signifiait rien — sinon, peut-être, une garantie contre le monde extérieur.

En peu de temps, tout a été remis en ordre et des canaux de drainage ont été creusés là où l'eau s'était accumulée. Tous œuvraient côte à côte et, finalement, ce qui aurait pu apparaître comme un drame avait plutôt eu pour résultat, du moins dans un premier temps, de cimenter la cohésion de la communauté.

La vie d'Eutopia a repris. J'ai même commencé à apprendre les rudiments de la langue de Mongo qui, en retour, me parlait parfois des théories du moine Caracol. Le Moine adorait participer à ces discussions, car les idées de Caracol lui rappelaient celles des dissidents anglais qui, d'après lui, avaient beaucoup apporté aux boucaniers et aux premiers colons indépendants des Amériques.

Je pensais, dans la naïveté de mon jeune âge — et, sans doute aussi aveuglé par les nouveaux sentiments qui m'habitaient —, que nous avions enfin trouvé la paix au sein d'une société libre et égalitaire, et que nous allions en jouir pendant de longues années. C'était négliger la jalousie, la mesquinerie et la haine, qui allaient tout emporter dans un flot tumultueux.

Nous n'aurions même pas besoin d'un ennemi pour nous détruire: nous y réussirions seuls…

À suivre.

*La Louve de mer 3*

# TABLE DES MATIÈRES

# Les titres de la collection Atout

\* Lecture facile    \*\* Lecture intermédiaire    \*\*\* Lecture difficile

GARANT DES FORÊTS
INTACTES

Achevé d'imprimer en avril 2009
sur les presses de Marquis Imprimeur,
Montmagny, Québec.